官商鬥法
第二輯
之7
權力迷幻藥
炮
相

目錄
CONTENTS

第一章

亮相秀

孫守義說：「他一定知道我們為了跟他搞好關係，必然會想辦法給他夫人安排一個好的職位的，他當時不反對，卻在常委會上公開反對，好顯出他是一個遵守規定的人，這個亮相秀做得不錯啊。」

北京。海川大廈駐京辦傅華的辦公室。

傅華正在打電話，趙婷推門走了進來，傅華示意趙婷先坐，等他打完這通電話。

趙婷剛坐下來，這時門又被推開了，湯曼閃了進來。剛要跟傅華打招呼，看到趙婷，便有些不悅的對傅華說：「傅哥，這個女人怎麼在這兒？」

趙婷不高興地說：「誒，你說話客氣點，什麼這個女人啊？我是他的前妻，他兒子的媽，我怎麼就不能在這裏啊？」

湯曼反駁說：「你也說了，你是傅哥的前妻。當初是你不要傅哥的，現在又成天纏著他幹嘛？」

趙婷也不是吃素的，回擊道：「我纏不纏他關你什麼事啊？你是傅華什麼人啊？你有什麼資格跟我說這種話啊？」

湯曼說：「我就看不慣你欺負傅哥，我就要管。」

傅華看兩人又要吵起來，趕忙放下了手裏的電話，走到兩人中間說：「兩位，你們不要吵了好不好。」

趙婷立即抱怨說：「誰跟她吵了，是她一進門來就說我的。」

湯曼回嘴道：「我說的不對嗎？」

傅華無奈地說：「好了兩位，你們不要一見面就吵好不好，你來找我有事嗎？」

趙婷說：「傅華，John知道我回北京了，他想約我見面，你說我怎麼辦啊？」

John跟趙婷的離婚官司一直還在訴訟中，並沒有結束，John此時找上門來，肯定是還想跟趙婷繼續糾纏。

傅華眉頭皺了起來，心說John這個王八蛋，消息還挺靈通的，雖然他承諾過要保護趙婷，但是他其實也不知道要如何去對付John這種黏上就不放的牛皮糖。

傅華看了看趙婷，說：「你想怎麼辦？」

趙婷苦惱地說：「我就是沒主意才找你的，你問我，我去問誰啊？」

傅華想了想說：「老這麼躲著也不是個辦法，不行的話，就跟他見一面吧。」

「我自己去見他啊？傅華，不行啊，我現在越來越覺得John這個人挺可怕的。」趙婷害怕地說道。

「那就別自己一個人去，回頭你約個時間，我跟你一起去。」傅華聽了，立即道。

趙婷高興地說：「我就知道你不會對我坐視不管的。」

傅華說：「那你先回去吧，約好了時間提前通知我一聲。」

趙婷瞅了一眼已經在沙發上坐下的湯曼，曖昧地笑了笑說：「行，那我就不打攪你了。」說完就離開了。

傅華轉向湯曼，說：「小曼，你找我又是什麼事啊？」

湯曼並沒有回答傅華，反而問道：「傅哥，你還在管你前妻離婚這檔子事啊？」

傅華笑笑說：「是的，一定要管。」

湯曼不禁搖頭說：「你這個人也真是太多事了，你跟小莉姐結婚都那麼長時間了，你還去管你前妻的事幹嘛，別的倒也罷了，還是她離婚的事，你不覺得這很滑稽嗎？她離婚干你什麼事啊，你管得是不是太寬了？」

傅華嘆說：「有些事不是說斷就能斷的，我們畢竟夫妻多年，還有一個兒子，她的事情我不能不管的。」

湯曼嘲諷說：「你可夠博愛的。」

傅華苦笑了一下，說：「我跟她已經不是那種感情了，我們現在感覺就像兄妹一樣。好了，不說這些了，你還沒告訴我你來幹什麼呢？」

湯曼笑笑說：「你最近是不是參與了我哥的海川重機重組案當中了？」

傅華說：「是啊，市裏面讓我居中聯絡，誒，你怎麼知道的？」

湯曼笑說：「我聽我哥跟鄭叔聊天時說起來的。」

傅華猜說：「不用說，他們肯定沒說我好話了。」

湯曼點點頭，說：「我哥跟鄭叔說他是怎麼捉弄你的，你這個老丈人也真是邪門，他不但不幫你說話，反而跟著我哥一起起鬨。」

傅華淡淡地說：「他心目中的理想女婿是你哥，對我當然不待見了。其實被他們笑話幾句也無所謂，他們笑他們的，我也沒覺得少點什麼。」

湯曼替他抱不平說：「你也太達觀了吧？人家這是欺負你耶。反正我是看不慣，所以我就幫你想了個辦法。」

傅華笑說：「你幫我想了個辦法？什麼辦法啊？」

湯曼笑笑說：「我也加入了重組案了，這樣就能看著我哥，不讓他欺負你了。」

傅華不禁失笑說：「看著你哥？你也太孩子氣了吧？你哥那種人是你能看得住的嗎？再說，你哥也不會同意你這麼做吧？」

湯曼得意地說：「他不能不同意，我找了我爸，說是想跟他學東西，我爸就跟他說了，讓我加入了進來。」

傅華笑了笑說：「其實真的沒有必要，你哥那邊我能應付得了，不過還是謝謝你了，小曼。」

湯曼說：「謝我幹什麼啊，其實我也就是想跟著鬧騰一下而已。」

傅華便問：「既然你加入了，能不能告訴我，你哥準備什麼時間跟海川啓動談判啊？」

湯曼回說：「這我就不知道了，不過應該快了吧，我哥最近幾天都很忙碌，好像是在準備跟你們海川談判的事。誒，傅哥，海川那兒有沒有什麼好玩的？這次我準備跟我哥去

你們海川轉轉看看。」

傅華說：「好玩的多的是，你去了就知道了。」

湯曼興奮地說：「那到時候你可要陪我去玩啊？」

傅華笑笑說：「我如果跟你們去海川，那就是爲了工作，不過你放心，到時候我會安排市政府的同志陪你去玩的。」

湯曼說：「到時候再說吧，我先走了。」就離開了。

過了一會兒，趙婷的電話打了過來，說：「那小丫頭走了？」

傅華笑了，說：「走了。」

趙婷說：「這丫頭就是看我不順眼，每次看到我都挑事，傅華，小丫頭喜歡你啊？」

傅華說：「別瞎說，她只不過是朋友而已。」

趙婷笑說：「朋友？你別自己騙自己了。誒，傅華，你是不是挺享受這種被喜歡你的小女生圍著轉的感覺啊？」

傅華回說：「瞎說什麼啊，誒，你又打電話來幹什麼，跟John約好了？」

趙婷說：「嗯，約好了，我跟他約了後天晚上見面，你能來嗎？」

傅華答應了：「行啊，後天就後天吧。」

海川市委，小會議室。

莫克主持召開了他就任海川市市委書記以來第一次的常委會議。事先金達注意到莫克並沒有把他妻子調來海川工作的安排列入常委會的議程，這原本是他提過的事，他不這麼做，金達就猜測他大概是不好自己把這件事情提出來。

列入議程的事都討論完了，莫克看了看在座的常委們，笑了笑說：「大家還有別的事情要討論的嗎？」

金達覺得這時候他該提出這件事了，便說：

「莫書記，我還有一件事，是關於您夫人的，您跟我提起過您夫人要跟您過來海川，尊夫人既然這麼支持您的工作，海川市也不應該虧待她，所以我想讓大家討論一下，看看給尊夫人安排個什麼職務比較好。」

雖然莫克剛上任，大家還摸不清他是一個什麼樣的人，會是怎樣的做事風格，但是此時跟他建立友好的關係，只會有好處，不會有壞處的。

金達見大家議論了半天，都沒有討論出一個結果來，便說：

「大家靜一下，我總結了一下大家的意見，我覺得，就讓莫夫人去財政局吧，職務就照大家說的，按照副局長級別安排，您覺得怎麼樣呢，莫書記？」

莫克掃視了一下在座的常委，笑了笑說：「首先感謝在座的同志對我的關心和支持，

尤其是金達同志。我知道你們這麼做是爲了我好，是爲了我解決後顧之憂……」

莫克說到這裏，停頓了一下，又看了其他常委一眼，金達心中有了不好的預感，他就有點後悔，不該爲了跟莫克搞好關係，就急切地提出這個議題來，現在看來，他很有可能被莫克算計了。

果然，就聽到莫克下面說：「但是，組織上任用一個人是有一定的組織程序的，這個程序並不能因爲被任用的人是某某領導的什麼人就可以肆意改變，這樣是不對的，是在拿組織程序開玩笑。」

莫克一上綱上線，其他常委都不說話了，莫克的話等於是直接在扇他的耳光，金達的臉色紅一陣白一陣。

莫克接著說道：「我知道各位是一番好意，不過這種違反相關規定的好意，我不能接受。下面的人都在看著我們這些領導呢，我們的行爲如果不檢點一點，會被人家戳脊梁骨的。」

金達在一旁暗罵，要把太太調過來是你說的，讓我出面安排也是你說的，到頭來，你倒把自己撇得乾乾淨淨，成了嚴守組織程序的好幹部，我反而成了破壞組織程序的壞人了。

金達感覺自己不但熱臉貼了人家的冷屁股，還被狠狠的擺了一道，臉色越發難看了起

來，這個莫克真不是個東西，剛上任就玩陰人的這一套。

莫克還在繼續發揮著，他說：「我們領導幹部在這個時候應該起到一個帶頭的作用，我家裏那口子是搞審計工作的，調來海川之後，還是繼續讓她搞老本行吧，至於級別就不要動了，平調過來就好。就這麼決定了吧。這一次我就不民主表決了。就這樣，散會吧。」

莫克先拿了東西往外走，其他常委跟在後面陸續離開。

孫守義看了看面色難看的金達，不禁說道：「這個莫書記有點手腕啊，不過這麼做也太不近情理了吧，大家可都是爲了他才提議討論的，怎麼到了最後，倒好像我們是想害他了。」

金達一臉無奈地說：「是我太傻了，被他設計了還不自知。」

孫守義說：「我也是這麼覺得，當初他在你面前提出要把夫人調過來，心裏可能就有這個盤算了吧？他一定知道我們爲了跟他搞好關係，必然會想辦法給他夫人安排一個好的職位的，他當時不反對，卻在常委會上公開反對，好顯出他是一個遵守規定的人，這個亮相秀做得不錯啊。」

金達冷笑一聲，說：「也不見得，他一上臺就表現的這麼遵守原則，會把下面幹部的胃口吊高的，希望他能守得住，不然，這個反差會讓人對他更反感的。」

孫守義說：「您信不信，您回辦公室就會接到他打來的解釋電話，電話裏一定會說他並不想掃您的面子，只是他這個人一向行事低調，遵紀守法，您提議那麼安排他的夫人，實在太出格了，所以不得不否決了您的提議。」

金達笑說：「不會吧？」

孫守義說：「我覺得他一定會這麼做的，不信，我們小賭一下，賭一百塊，敢不敢？」

金達笑笑說：「有什麼不敢的，這一百塊我跟你賭了。」

孫守義很有信心地說：「那我就等著收錢啦。」

金達回到辦公室，電話鈴馬上響了起來，一看正是莫克的號碼，他不禁笑了，心說：這傢伙該不會是真的像孫守義所說的，找他解釋來了吧？

金達就有心逗一逗莫克，故意不接電話。

電話響了一陣之後，停了下來，金達猜測莫克一定還會再打來的，要不然他的好人面具就無法再戴了。

果然，等了五分鐘後，電話再次響了起來。

這次金達等鈴聲響了兩聲之後，就把話筒抓了起來，說：「您好，莫書記，找我有事嗎？」

莫克說：「金達同志，你剛回到辦公室啊？」

金達知道莫克是想打探剛才他爲什麼沒接電話，便笑笑說：「是啊，我剛回來，在路上跟守義同志多說了會兒話。」

莫克說：「哦，我說剛才我打電話怎麼沒人接呢。」

金達故意問說：「您有事嗎？」

莫克說：「其實也沒什麼事，就是剛才在常委會上的事，我想跟你解釋一下……」

莫克的說辭竟然跟孫守義所猜測的一樣，金達使勁的壓制著自己的情緒，才讓自己沒有笑出來。

金達回說：「莫書記，您做的很對啊，我支持您這種以身作則的做法。您今天的行爲爲我們做了一個很好的表率，起到了模範帶頭的作用，我們一定會認真學習您這種優良作風的。」

金達這種似假還真的吹捧聽在莫克的耳裏，分外的刺耳，他懷疑金達根本就是在諷刺他，看來金達已經看穿了他兩面派的手法，就有幾分伎倆被看穿的羞惱，他乾笑了一下，說：「你能理解我的心情就好。」

金達有心繼續諷刺莫克幾句，但想了想，還是算了，那樣誠然可以逞一時口舌之利，但是會激怒莫克，他跟莫克才剛合作搭檔，馬上就把關係搞僵並不好。於是笑笑說：「那莫書記您還有別的指示嗎？」

莫克說：「沒事了，就這樣吧。」

金達冷笑著掛了電話。

表面上看，他跟莫克接觸的第一戰似乎是輸了，但是卻讓他搞明白對手究竟是一個什麼樣的貨色，相對而言，金達覺得是賺到了。

第二天，海川日報發表了一篇《這樣的一言堂越多越好》的文章，高度讚揚了莫克這種堅持原則，不爲自己家人謀私利的做法。

金達冷笑了一聲，把報紙扔在桌上，心說這個莫克倒很善於利用媒體給自己造勢啊。

這時，桌上的電話響了起來，是孫守義打來的。

孫守義說：「市長啊，報紙看了吧？」

金達笑說：「人家那麼用心搞出來的東西，我能不看嗎？」

孫守義問：「那您有什麼想法啊？」

金達哼了聲說：「我能有什麼想法啊，人家愛表演就讓人家表演去吧。人人心裏都是有桿秤的，莫克這麼玩，損害的是他自己。對了，那一百塊什麼時間給你啊？」

孫守義笑道：「他還真的打電話給您了？」

金達不禁佩服說：「是啊，你猜的真準，我一回辦公室，他的電話就打來了，跟你說

的完全一致，當時我差點笑出聲來了。老孫啊，我發現你如果不做官，肯定是個很好的算命師。」

孫守義笑說：「我不過是根據他的性格推斷出來的罷了。誒，市長，我有一個想法，這傢伙既然這麼愛演，是不是我們給他一個機會，讓他演得更大一點?!」

金達遲疑了一下，說：「老孫啊，你想幹嘛，可別弄得跟莫克一樣演過頭了。」

孫守義笑笑說：「絕對不會。市長，我的意思是，莫克的這種好榜樣不能只有我們海川市人民知道啊，我們是不是也應該讓全省的人民都知道啊？」

金達笑了，說：「你是說，要幫莫克同志火上澆油一下？」

孫守義說：「對啊，人家願意抬高自己，那我們就成全他，讓他抬得更高好啦，最好是他能不食人間煙火，到時候也省得來麻煩我們。」

金達明白孫守義的意思了，他是想借此把莫克捧成模範人物，表面上看，這是吹捧他，實際上，模範人物可不是那麼好做的，上上下下不知道有多少雙眼睛在盯著看呢，稍有不當的舉動，便會被人用放大鏡來檢視。

像莫克這種只有表面守原則，私底下還不知道怎麼樣的人，被當成模範可不會是一件樂事。另一方面，以後莫克就不好再用一些違規的行爲來要求市政府做什麼了，可以讓他們省掉不少麻煩。

金達饒有趣味地說：「你有辦法？」

孫守義說：「我這次和您一起做海川科技園的宣傳，跟一些媒體建立了不少關係。其中就有省日報社的喬社長，我如果側面提一下莫克的事，我想他一定不會放過這麼好的新聞素材的。」

金達笑了起來，他權衡了一下，這件事對他並沒有什麼危害，就說道：「既然這樣子，那我們就成人之美吧。」

孫守義說：「那我回頭就跟喬社長說。誒對了，那一百塊回頭我要把它框起來，留作紀念。」

金達笑說：「行啊。」

晚上，北京。

傅華接了趙婷一起去赴John的約會，到了約定的餐廳，John已經等在那裏了。看到趙婷，他笑著站起來。

不過，他一看到趙婷身邊的傅華，笑容馬上就沒有了，很不高興的說：「傅，你來幹什麼，我跟小婷約見面，可沒說讓你也來。」

自從把John從家裏趕出去，傅華還是第一次再見到這個牛皮糖一樣的男人，可以看得

出來，他這段時間過得並不好，顯得消瘦不少，眼窩深陷，不過衣著倒還整潔，鬍子也刮了，感覺是爲了跟趙婷見面，所以刻意收拾了一番。

傅華說：「小婷說害怕你，所以讓我陪她來。John，你也是個男子漢，爲什麼不大方一點放手呢？」

John不滿地說：「這是我和小婷之間的事，你瞎攪和啥啊。」

趙婷看了看John，說：「John，你先別管傅華了，你今天找我來，到底是想跟我說什麼？」

John深情地說：「小婷，我想你回到我身邊，你知道我一直是愛你的，你說什麼話我都聽，你回來我身邊吧。」

趙婷苦笑了一下，說：「John，你到現在還沒搞明白，我已經不愛你了。如果我回到你身邊，我是不會快樂的。你如果真的愛我，就放我自由吧，別再來找我了，好嗎？」

John固執地說：「不，我忘不了我們在一起的快樂時光，小婷，你別被傅給騙了，他現在有婚姻，不會讓你快樂的。只有我才能給你快樂。」

趙婷無奈地說：「John，你別纏夾不清了，這跟傅華沒有關係。大家好聚好散行不行啊？」

「不行！」說著，John就伸手去拉趙婷的胳膊。

傅華見狀，立即伸手擋住了John，說：「有話好好說，別動手動腳的。」

John瞪著傅華說：「傅，你別來妨礙我，否則我對你不客氣了。」

傅華並沒有被他嚇到，反問道：「John，你不客氣又能幹嘛啊？你想來橫的嗎？你試試看好了，我忍你很久了。」

John一聽，又畏縮了下來，說：「傅，你這樣算是怎麼一回事啊？我不過是想跟小婷說幾句話而已。」

趙婷看到John這個樣子，心中越發厭煩，便站了起來，說：「John，我沒什麼可跟你說的了，我也不想再見到你，別再打電話來了，否則我就報警告你騷擾。就這樣吧。」說完就要往外走。

John也跟著站了起來，想去擋住趙婷的去路，卻被傅華搶先了一步，John氣得握了握拳頭，卻終究沒有膽量跟傅華打上一架，只好恨恨地說：「傅，你給我記著，總有一天我會讓你知道我不是那麼好欺負的。」

傅華知道John只是虛聲恫嚇，便冷笑著說：「我不會忘記的，你來就是了。」說完，傅華便退著往餐廳外走，John想跟來又不敢，只好眼睜睜地看著傅華離開。

傅華追上趙婷，上了車。

傅華問道：「你跟John的離婚訴訟究竟辦得怎麼樣了？」

趙婷苦笑了一下，說：「律師還在辦呢，爸爸說涉外婚姻離婚比較麻煩，恐怕要拖上一段時間。哎，我真是被這個傢伙給害死了。」

傅華勸說：「你最近還是小心一點這個傢伙吧，我看他目露凶光，一副不死心的樣子，難保只有你一個人的時候，他會幹出什麼事來。你再出門，還是讓爸爸給你派上兩個保鑣吧。」

傅華把趙婷送回了家。臨下車的時候，趙婷感激地說：「傅華，謝謝你了，幸虧有你陪我度過這段時間，不然的話，我真的不知道該怎麼辦了。」

傅華拍了拍趙婷的手，安慰她說：「事情總會過去的，把心放寬吧，過了這段時間就好了。好了，上去吧。」

「你自己也要小心啊，我怕他會鋌而走險。」趙婷不放心，又說了句。

傅華笑說：「行了，你操心好自己吧。」

第二天，傅華照常在駐京辦工作，這一天的事情有點多，九井村接濟中心打電話來，說有幾個海川籍的上訪群眾，讓駐京辦過去處理。

傅華不敢耽擱，好不容易把上訪群眾勸返，答應會將他們的情況向海川市相關部門反映，然後幫他們買了火車票，送他們回海川。

忙完這一切時，已經是下午三點多了，傅華這才回到駐京辦。一坐下來，傅華就感覺餓腸轆轆，在處理上訪群眾時，忙得都忘記吃飯了。此刻閒下來，肚子就開始叫了起來。

傅華就下去下面的餐廳，讓廚師幫他弄點吃的過來。

正吃著，蘇南領著鄧叔走了進來。

蘇南開玩笑說：「傅華，你這是吃的晚餐還是午餐啊？」

傅華笑說：「今天九井村接濟中心來了幾個上訪的群眾，我去處理，剛回來，中午也沒顧著吃飯，就讓廚師幫我隨便弄了點。你和鄧叔是？」

蘇南解釋說：「鄧叔說想看看你這個駐京辦的情況，我就帶他過來了，到你辦公室，工作人員說你在樓下餐廳吃飯，我們就直接過來找你了。」

鄧叔在一旁說：「小傅同志，你曾經邀我來看看駐京辦，這不我就來了。」

傅華上次已經聽曉菲說鄧叔很可能要去東海做省長，此刻見他出現在駐京辦，不知道他是不是又想瞭解什麼情況了。

傅華有一種感覺，鄧叔是一個有原則、很理想化的一個人，這樣的人接任東海省省長，應是遠勝於孟副省長的。

傅華說：「歡迎您來我這裏，兩位先坐吧，我把飯先吃完，實在是太餓了。」

蘇南笑笑說：「你先吃你的吧。」

傅華幾下子把飯扒拉進肚子，然後說：「我們上去我辦公室吧。」

鄧叔說：「不用上去了，就在這說說話就好了。誒，小傅同志啊，我看了一下，你們這個駐京辦挺奢華的嘛，當初建設這棟大樓，花了市裏面不少錢吧？」

雖然鄧叔很可能要成爲東海省的省長，但是傅華對他用這種審視的口吻來問他感到有些反感，心說：就算你真的成了東海省的省長，駐京辦的事也輪不到你來管啊。

這大概就是高層領導的視角吧，總覺得下面的人好像都在憋著冒壞水一樣。

傅華解釋說：「市裏撥了兩千萬，是當時我爲市裏爭取到了一個大項目，所以特別批給駐京辦的。」

鄧叔愣了一下，不相信地說：「兩千萬就可以建起這麼一座大廈來嗎？」

傅華笑了起來，說：「那當然是不可能的，這並不都屬於海川市政府，是三家聯合投資的，您也看到了，大廈的主體實際是一家酒店在使用，他們是投資方之一，另一方是通匯集團。」

鄧叔聽了說：「你的思路倒很靈活嘛，這是借雞下蛋啊。找來投資方聯合投資，不但可以解決資金上的困難，還可以壯大聲勢。」

其實鄧叔把這一切都歸功於他是不正確的，當初他之所以能將這個海川大廈建起來，

與趙凱的支持是分不開的。

鄧叔又說：「要把這棟大廈從平地建起來應該很難吧？」

傅華點點頭說：「確實很難，幸好我當時有一位好老師，您說我思路靈活，我擔不起，這都是他的建議，資金也是他幫我找來的。」

蘇南說：「你是說通匯集團的趙董吧？」

傅華嘆了口氣，說：「對啊，鄧叔可能還不知道，趙董就是我的前岳父，說起來我很慚愧，我的前岳父這麼照顧提攜我，無非是想讓我對他女兒好一點，可是我卻沒能做到，是我對不起他啊。」

蘇南勸慰說：「你也別老把這些事情放在心上，我知道你和趙婷離婚的來龍去脈，那也不能都怪你啊。」

「我們還是不說這個了，我最近有點怪，總是不自覺的想起以前的事，大概是上了年紀的緣故吧。」傅華自嘲地說。

鄧叔嗤了聲說：「年輕人，你在我這個老頭子面前說你上了年紀，那我這把年紀要怎麼辦？」

傅華趕忙說：「鄧叔，我可沒說您老的意思，只是我最近老是對工作提不起勁來，就感覺自己是有點老了。」

蘇南在一旁說：「你這種情形我知道是爲什麼，我曾經也跟你一樣，覺得老是提不起勁來，心灰意冷的。其實這是一種職業倦怠，是心理上的一種疾病，你該看看心理醫生了。」

鄧叔看了看傅華，問說：「小傅同志，你在這裏工作壓力很大嗎？」

傅華老實地說：「鄧叔，雖然南哥一直沒說明您的職務，但是我猜測您是位大領導，可能您覺得我的工作跟您相比無足輕重。但是對我來說，這裏的每一項工作我都必須要盡力完成，而且不能出絲毫的紕漏。不說別的，就說剛才我去九井村勸返的事情吧，我必須把上訪群眾的意見一一記錄好，然後反映給海川市的相關部門，還不能說一句過頭的話，以免激怒上訪的群眾，必須每個細節都要很小心才能把事情處理好。您說，這樣的工作能輕鬆嗎？」

鄧叔問：「你們海川上訪的群眾多嗎？」

傅華說：「我無法明確的說是多還是少，反正經常會有人來上訪。現在的群眾都喜歡找到北京來，似乎只有到北京來，問題才能得到解決，其實這是一種錯覺。」

鄧叔納悶地說：「誒，這幾年海川的經濟不是發展得不錯嘛，怎麼還會有人不斷的上訪呢？」

傅華聽了，忍不住吐嘈說：

「您是高層領導，每天坐在辦公室裏聽下面的彙報，看到的都是歌舞昇平，一片盛世景象；但是從老百姓的角度來看，盛世景象對他們來說是很遙遠的，他們看到的都是因爲拆遷、地方改制所造成的種種利益分配不均的現象。這些憤怒的情緒如果不能在地方得到宣洩，必然就會找到上面來了。鄧叔，您如果能站在他們的立場上考慮問題，就會明白他們的想法了。」

蘇南覺得傅華話語之間似乎是在譏諷鄧叔身居高位，不知民間疾苦，便喝斥說：「傅華，別這樣對鄧叔說話。」

傅華卻不以爲有什麼不對，說：「南哥，你緊張什麼，如果鄧叔連這麼幾句真話都聽不得，那我真的是跟他無話可說了。」

蘇南眉頭不禁皺了起來，說：「傅華，你怎麼這個態度啊，你可不要把你對社會的不滿都發洩在鄧叔身上了。」

傅華說：「南哥，我是在發洩不滿嗎？我只不過是告訴鄧叔，現實狀況不是他坐在辦公室聽彙報的那樣而已。」

蘇南還想說什麼，鄧叔開口制止了蘇南，說：「蘇南，你別說小傅同志了，他說的沒錯，這些都是我需要面對的，如果這樣的話我都不能聽，那我就一點雅量都沒有了。小傅同志，既然你已經提出了問題，那你可有解決之道啊？」

傅華苦笑說：「可能要讓您失望了，這個問題無解。」

鄧叔不禁質疑說：「你不會只會發洩不滿，卻提不出問題的解決之道吧？」

傅華搖搖頭說：「鄧叔，我不是逃避，而是在現在的框架下，想解決這個問題真的是無解。現在的老百姓已經不像以前那樣子，你讓他們幹什麼就幹什麼了，我想一定時期之內，這個問題必然是會一直存在的。前陣子有輿論說要撤掉駐京辦，如果一旦撤掉駐京辦，那這些上訪群眾又該怎麼解決啊？」

鄧叔反問道：「那你的意思是駐京辦撤不掉了？」

傅華說：「這種話我可不敢說，真要撤，一紙行政命令就可以把它給撤掉了，但問題是撤掉之後，原本由駐京辦所承擔的這些職責要由誰來承擔？這個問題不解決，駐京辦就算強行撤掉了，也會換個名稱捲土重來的。」

鄧叔並沒有就這個問題做什麼表態，最近關於駐京辦要裁撤的消息甚囂塵上，這個問題就有些敏感，也不方便發表什麼看法。

鄧叔便轉移了話題，說：「小傅同志啊，上次我記得你說過，孟副省長跟你們海川的一家企業過從甚密，你能跟我說說這家企業的情況嗎？」

傅華覺得鄧叔已經開始對接任省長預作佈局了，不用說也猜得到，如果鄧叔真的去東海接任省長，他要面對的第一個對手必然是孟副省長。

鄧叔等於是搶了孟副省長口中的肉，按照孟副省長的跋扈個性來說，是絕不會對鄧叔友善的。既然雙方必有一戰，鄧叔先下手尋找可以制約孟副省長的武器，也是在情理之中了。傅華就約略說明了孟森和興孟集團以及他所經營的各種不法行當，鄧叔聽得十分認真。

聽完，鄧叔便站起來，告辭說：「小傅同志，跟你聊天很愉快，好了，就不耽擱你的工作了。」

傅華便送兩人離開。

第二章

理想主義

蘇南為鄧叔辯護說：「也不是，他也有理智的一面。就拿想裁撤駐京辦這一塊，他不是實地考察了之後，就從善如流了嗎？我覺得他知道什麼是該堅持，什麼是該妥協的，而且能夠根據實際狀況及時修正他的理想主義。」

傍晚時分，他接到了蘇南的電話。「傅華，出來一起吃頓飯吧。」

傅華問說：「鄧叔也去嗎？」

蘇南說：「不去，他有事回嶺南去了。」

傅華笑笑說：「原來鄧叔在嶺南省任職啊，職位應該不低吧？」

蘇南說：「吃飯時候再談吧。」

晚上，曉菲的四合院。

傅華坐定之後，蘇南問道：「傅華，既然你在駐京辦已經心生厭倦了，想不想轉換一下跑道啊？」

傅華笑說：「你想讓我去東海省政府啊？我可不去。」

蘇南愣了一下，說：「你怎麼知道我想讓你去東海省政府啊？」

曉菲不好意思地說：「我偷著告訴過他，鄧叔可能要做東海省省長了。」

蘇南笑說：「原來你這傢伙早就知道鄧叔的身分了。」

傅華說：「其實上次鄧叔問我那麼多東海省的事情，我就猜到了。他想讓我幹什麼？」

蘇南說：「鄧叔對你很欣賞，覺得你看問題的角度獨到精準，很有見地，所以他很想把你延攬進他的智囊班子裏去。你如果願意的話，可以跟他一起去東海省政府工作，職務嗎，他會提供幾個給你選擇的。」

傅華笑了笑說：「南哥，你是瞭解我的，你覺得我會答應嗎？」

蘇南說：「如果是以前，我知道你肯定不會答應的；但以你目前的狀態，就很難說了，也許你想轉換一下跑道呢？」

傅華說：「也沒什麼難說的，當初一個海川市政府我都覺得玩不轉，到省政府就更玩不動了。而且，鄧叔是空降到東海去的，在東海沒什麼根基，他要在東海立穩腳跟，必然會有一番血鬥，我可不想被人整得頭破血流的。」

蘇南搖搖頭說：「傅華，我跟你說，鄧叔能力很強，跟著他，你不會吃虧的。再說，他現在正是用人的時候，你跟著去，他立穩腳跟之後，一定會重用你的。我總覺得你在駐京辦不是長遠之計，有這麼好的機會，鄧叔又那麼欣賞你，你就聽我的話，離開駐京辦，去東海省政府吧。」

傅華卻婉拒了，說：「南哥，你也知道，我這個人是最不願意捲進這些政治博弈當中去的，還是算了吧，我不想跟著鄧叔捲進這些是非圈子裏。」

蘇南看了看傅華，說：「通過這兩次的談話，你對鄧叔也有了一個基本的瞭解，應該知道他是一個講原則，甚至有點理想化的人，你忍心看他一個人去面對東海省那幫對手嗎？」

傅華毫不動心地說：「我想現在鄧叔對如何應對，應該早已胸有成竹了吧？南哥，你

別勸我了，你應該知道我從來不是什麼家國天下的人，我只是一個小人物，就算我跟著鄧叔進了省政府，也起不到什麼作用的。」

蘇南笑著搖了搖頭，說：「還真被鄧叔說中了，鄧叔說我一定勸不動你的。好吧，你不跟著他去就不去吧，不過鄧叔去了東海之後，你如果知道東海的什麼情況，可要及時反映給鄧叔啊。」

傅華聳了聳肩說：「我能知道什麼東海的情況啊？我這兒只不過是海川市的駐京辦而已。」

蘇南說：「你們也是東海的一個窗口，海川的事與東海是密切相關的，雖然你不願意跟鄧叔一起去面對、去戰鬥，但是你總不能看著像鄧叔這樣的人被人算計吧？」

傅華笑說：「好啦，我如果知道什麼情況，一定會跟鄧叔說的，行了吧？」

蘇南這才滿意地說：「這就對了嘛，也不枉鄧叔對你那麼賞識。你知道他爲什麼去你們駐京辦看看嗎？」

傅華搖搖頭說：「這個我倒不清楚。」

蘇南說：「其實他是想去實地看看駐京辦的營運狀況。」

傅華愣了一下，腦海裏浮起一個不祥的念頭，說：

「他不會是想撤掉駐京辦吧？」

蘇南點了點頭，說：「是啊，他原本是這麼想的。高層現在對駐京辦有很大的意見，前陣子輿論嚷嚷要撤掉駐京辦並不是沒有來由的，這是高層在試探社會大眾對這件事的反應，因此鄧叔就想要看看能不能在東海省試行撤掉駐京辦。」

傅華不禁叫道：「南哥，你這就不夠義氣了吧？你帶鄧叔來，原來是想看看能不能端掉我的飯碗啊？」

蘇南笑說：「我怎麼不夠義氣了？你應該感謝我帶鄧叔去了，這樣你才有機會說服他，讓他打消這個念頭。」

傅華鬆了口氣，說：「幸好他打消了這個念頭，如果他真的裁撤了駐京辦，那就等於是自剪羽翼，東海省很多工作將會陷入一團亂局，到時候最難堪的不會是別人，一定是他這個新任的省長。南哥，你說鄧叔做事是不是也太理想化了啊？」

蘇南爲鄧叔辯護說：「也不是，他也有理智的一面。就拿想裁撤駐京辦這一塊，他不是實地考察了之後，就從善如流了嗎？我覺得他知道什麼是該堅持，什麼是該妥協的，而且能夠根據實際狀況及時修正他的理想主義。」

傅華晚上回家，就在網路上搜尋關於鄧叔的資訊，果然找到了。鄧叔的名字叫鄧子峰，是嶺南省省委副書記，從網上的資料來看，他崇尚務實，在嶺南省的官聲還不錯，爲官清廉，對現行官場中的貪污行爲深惡痛絕。

很多官方的公開資料未必是可信的，常常是被刻意誇大、美化過的，很多官員很善於僞裝，往往一方面大談反腐倡廉，私底下卻伸手攫取個人利益絕不手軟。傅華覺得鄧子峰的資料不可不信，但也不可全信。

他跟鄧子峰接觸過兩次，某種程度上，他覺得鄧子峰爲人做事的風格很類似郭奎，務實、果斷、直率、雷厲風行。只是郭奎身上沒有鄧子峰這麼濃厚的理想主義色彩，比他更加務實一些。

郭奎的政治手腕很高，某些時候更善於妥協。就像金達被揭發雲龍公司項目違規的事，郭奎爲了交班穩定，對這件事不但置之不理，還把張琳打發到了省政協去；特別是郭奎有辦法壓制住張琳，讓已經孤注一擲的張琳不敢再對金達多說一句話，這充分顯示了郭奎手腕獨到之處。

傅華不知道鄧子峰能不能做到這一點，也不清楚鄧子峰這種太過理想化的行事風格是一種政治秀呢，還是內心真的堅持這種信念？這種單憑理想化的精神，在這個社會是很難行得通的。

不過，傅華並不因此爲鄧子峰未來在東海的執政生涯擔心，李鴻章曾經說過，天下最容易做的莫過於官，不同於他這種每天都被羈絆在事務中的小腳色，而且他會被中央選擇爲東海省省長，一定也是有讓高層賞識的本領，他相信他必然有足夠的智慧可以面對種種

考驗的。

東海省，齊州。

孫守義在省政府開完會，就打電話給東海日報社的喬社長，說要跟喬社長見面，吃頓飯。

雖然見過的次數不多，但是孫守義跟喬社長處得很不錯。當時是爲了宣傳金達的海川科技園項目，孫守義專程登門拜訪，因而結識了喬社長。

這也得益於孫守義對媒體向來很尊重，他還在農業部的時候，就知道媒體力量的強大，有鑒於此，孫守義總是儘量交好他們，想辦法滿足媒體的要求。

喬社長很快就到了。

喬社長五十多歲、臉型消瘦，個子不高，眉頭三道深深的皺紋，像刀刻上去的一樣，一看就是長期伏案動腦的人。

一見面，喬社長就問說：「老孫，找我有事啊？」

孫守義笑笑說：「沒事就不能跟你吃頓飯嗎？誒，我給你帶了幾條中華菸、幾瓶茅臺，知道你好這兩樣，回頭走的時候記得拿。」

喬社長高興地說：「你總是這麼客氣，每次來都給我帶東西。」

孫守義說：「大家都是朋友，需要跟我這麼客套嗎？趕緊坐下，點菜點菜。」

兩人席間便閒聊了一些東海省最近政壇上發生的事，孫守義也從喬社長那裏瞭解了一些他在海川接觸不到的訊息。

聊了一會兒，喬社長看了看孫守義，說：「老孫啊，你要不要弄幾篇理論性的文章出來，我在報上給你發表。現在做幹部的，需要不時發幾篇理論性的文章裝點門面的。」

孫守義知道這是喬社長想幫他忙的意思，不過眼下這個時機不太合適，他便笑笑說：「喬社長，你的心意我領了，但是這件事現在不能做啊。」

喬社長說：「只是發表幾篇文章，又是在我控制範圍之內，有什麼不能做的？」

孫守義笑笑說：「我文章再出眾，能比金達和莫克出眾嗎？」

喬社長笑說：「那恐怕很難，你們市裏的這一、二把手，都是筆桿子出身，理論方面你肯定是比不過他們的。」

孫守義點點頭說：「那我去出這個風頭幹嘛？現在莫克剛上任，海川的局面還不穩定，我這時候出風頭，說不定會被人當成出頭鳥打了的。」

喬社長聽了說：「這倒也是，海川眼前局面還不穩定，你在這時候出頭確實不好。不過日後需要用到這些時，跟我老喬說一聲就行了，我會幫你安排的。」

孫守義感謝說：「那我先謝謝啦。喬社長，說到文章，正好我手裏有篇文章想讓你看

一下。」

喬社長好奇地說：「是什麼文章啊，拿出來我拜讀一下。」

孫守義就把那篇大力讚揚莫克的社論遞給喬社長，喬社長瞅了一眼，就把報紙扔在桌上，笑了笑說：「我當是什麼呢，這篇文章我看過，這個莫克根本就是在抬高自己，作秀給別人看的嘛。他這麼做有點蠢，省裏不少領導的配偶當初調動工作的時候，都給高規格安排了，他借這種事宣揚自己，豈不是說那些省領導們都做錯了？」

孫守義說：「你別管他做得蠢不蠢，你說他這麼做，是不是別有含義啊？」

喬社長愣了一下，抬頭看著孫守義，說：「你什麼意思啊？老孫，你想選邊站給莫克抬轎子？我可跟你說，莫克這個人我認識，他性格有點陰，跟我們這些人可不是一路的。雖然他跟金達都是筆桿子出身，但是相對而言，我更喜歡金達，你可別跟他搞在一起啊，說不定他會陰你一下的。」

孫守義趕忙否認，說：「我可沒給他抬轎子的意思，我只是覺得這麼好的素材，省報不去發掘，似乎有點可惜了。」

喬社長心想：孫守義既然不是想給莫克抬轎子，那爲什麼要讓報社刊登有關莫克的新聞呢？他思索了起來。

很快他就明白孫守義的意思了，笑說：「老孫啊，你可真夠壞的，你這是想讓鴨子去

爬樹啊。」

鴨子本來是不善於爬樹的，但是讓牠以爲自己善於爬樹，那牠表現出來的行徑將會十分的可笑。

孫守義解釋說：「不是我要對他使壞，而是這傢伙把我們海川市的領導都給耍了。他自己跟金達市長說，讓市裏面幫他安排一下他老婆調職的事，金達市長便說會在常委會討論，他也同意了，結果卻來這麼一手，根本就是拿金達市長和我們這些人耍著玩。」

喬社長詫異地說：「事情是這樣子的啊，這傢伙心裏究竟是怎麼想的？就算是要堅持原則，也犯不上得罪這麼多人吧？」

孫守義說：「我猜測他是想借機羞辱金達市長，好彰顯他市委書記的威嚴吧。」

喬社長懷疑地說：「那也不該這麼做，這種把戲很拙劣，讓人一眼就能看穿的。」

孫守義說：「我估計他可能也知道這個市委書記的位置原本是金達的，害怕金達市長會威脅到他，所以想給金達市長一個下馬威。這傢伙以前只是一個玩筆桿子的，根本就沒做過什麼像樣的正職領導，這次因緣際會成了海川市的市委書記，一時也不知道該怎麼操作，就把平常看書學到的一些陰招使了出來。」

喬社長感慨說：「說起來，這次金達市長是挺冤的，如果不出那件事，這個市委書記一定輪不到莫克來做。」

孫守義點頭認同說：「喬社長，就請你派人去跑一趟海川吧，讓記者好好去發掘一下莫書記的偉大之處，我想莫書記一定不會讓你們白跑的，估計他對這種宣傳自己的事一定會很熱心。」

喬社長笑了笑說：「派個人去是可以，不過，這樣子說不定反而成全了他，讓他成了模範人物，這對他的仕途可是會有很大的好處的。」

孫守義露出耐人尋味的笑容說：「我就是想讓他成爲模範人物，那樣，他的行爲舉止就不能不謹慎，可能就會少玩一點陰招了。你也知道金達那個人，比起莫克，金達絕對稱得上是君子，是玩不出莫克這種手段的。」

喬社長不禁說道：「老孫，想不到你對金達還挺好的啊。」

孫守義說：「我去海川，總體上來說，金達沒給我出什麼難題，有些事還挺護著我的，這樣的上級很難碰到，我當然也要挺他啦。」

喬社長點了點頭，通常市長和常務副市長之間是有某種競爭關係的，市長會防範常委副市長奪權，常委副市長也會想盡辦法擠走市長，取而代之。像兩人這種合作無間的關係倒確實是很難得。

喬社長便笑笑說：「老孫，衝著你這麼夠意思，我就派個人過去吧。」

國土局對雲龍公司的度假項目調查審核後，確定了雲龍公司存在違規用地的事實，決定對雲龍公司給予罰款五百萬元的處罰。

這個判決報到了孫守義那裏，孫守義便拿著判決書找到了金達，把判決書給金達看。

金達看了判決書的內容，然後問道：「老孫，這五百萬是不是低了點？畢竟是那麼大的一片土地啊。」

五百萬也許對平常人來說是筆大錢，但是對一個投資幾億的大項目來說，就顯得十分微薄了。

孫守義說：「我覺得不低了，這家雲龍公司我大概看了一下，其他方面都是合法的，也很按時繳納土地補償金，再多了，企業可能就會接受不了了。再說，這個數字社會大眾基本上也可以接受。」

金達想想也是，對老百姓來說，這家企業畢竟沒有損害他們的權益，還給他們帶來了就業機會，罰他們五百萬，也可以跟上下都交代過去了，便點了點頭，把判決書遞給孫守義，說：「那就讓他們這麼辦吧。」

孫守義接過判決書，並沒有馬上離開，金達問道：「老孫，還有事啊？」

孫守義說：「昨天我見了喬社長，他對莫書記那件事很感興趣，說會派出最精幹的記者來海川採訪。」

金達笑說：「這件事情你還真當回事辦了？」

孫守義回說：「也沒說就當回事了，我隨口跟喬社長提了一下，他覺得是一個很值得挖掘的素材，這才安排的人。現在這社會風氣墮落，像莫書記這樣清廉自守的幹部可是少之又少，喬社長怎麼會放過這樣子的好素材呢。」

金達笑了，他知道事情絕非孫守義說的那麼簡單，他估計莫克也看不透這其中的奧妙，既然這樣，就隨便記者去報導好了。

不過，這件事市政府參與的越少越好，省得將來莫克悟出其中玄機，又把責任怪罪在他身上，便交代說：「好啦，那都是莫書記的事，我們還是忙好我們自己的事，湯言明天就要來了，老孫，你可要做好接待的準備啊。」

孫守義說：「你放心，我做好接待的準備了。」

金達特別提醒孫守義說：「你還是多一份小心比較好，這個湯言架子大得很，恐怕不好伺候。」

孫守義不以爲意地說：「市長，您真是小看我了，我總算也在農業部待過，什麼樣的人沒見過啊。您放心吧，我會對他多尊重一點的。」

北京，海川大廈。傅華的辦公室。

臨近下班的時候，傅華接到了談紅的電話。

談紅開口就問道：「傅華，我沒得罪你吧，怎麼最近連個消息都沒有啊？」

傅華最近確實很少跟談紅聯絡，一方面是因為利得集團重組海川重機失敗之後，談紅那邊已經沒有跟他有聯繫的業務；再一方面，他也被湯言警告過，不要把海川重機重組的事跟談紅說，傅華知道談紅那邊一定有湯言的眼線，為了避免不必要的麻煩，所以就儘量避免跟談紅往來。

傅華便打哈哈說：「是你談經理太忙了，都沒想起要給我打個電話吧？怎麼，找我有事啊？」

談紅說：「也沒什麼事啦，只是想起最近很久沒聯繫了，就想打個電話看看你好不好。你跟鄭莉都還好吧？」

傅華笑笑說：「我們都挺好的，謝謝關心。」

談紅又說：「誒，晚上有沒有時間出來吃頓飯啊？」

傅華忍不住說：「談經理，你還是有事就說吧，東拉西扯的，可不是你的作風。」

談紅不好意思地說：「就知道瞞不過你。我是有事想問你，最近海川重機的股票一直在底部橫盤整理，是不是你們跟湯言的重組還沒開始談判啊？」

原來談紅打電話來是想打探海川重機重組的消息的，湯言果然有先見之明，早就猜到

談紅一定會找他打探消息，所以才預先警告他不要洩露瞭解到的資訊。

現在他和談紅已經不是同一戰壕的戰友了，談紅是爲了對手陣營打探消息，他應該跟談紅壁壘分明才對，於是說道：「談經理，這些事情你不該問的。」

談紅愣了一下，說：「傅華，我們是朋友，隨便透露點消息總可以吧？」

傅華爲難地說：「談紅，證券方面你比我專業。你心裏很清楚，有些消息是不能隨便透露的。」

談紅忍不住抱怨說：「傅華，你還是改不了刻板的個性，好吧，我不問就是了。」

傅華聽出談紅的語氣很不高興，不過他也無可奈何，有些原則他必須遵守，只好苦笑了一下說：「不好意思啊，我真的沒辦法幫你。」

談紅見打探不出什麼來，便冷冷地說：「我知道你的難處，我還有事，回頭再聊吧。」

傅華也有些無趣，便回說：「好，就這樣吧。」

掛了電話後，傅華有點鬱悶，這倒不是因爲沒能幫上談紅，而是因爲他其實是想避開海川重機重組這件事，尤其是避開那個囂張的湯言，但是他還是身不由已的陷了進去。

明天他就要陪同湯言一行人去海川，不知道湯言會開出什麼樣的條件來重組海川重機。但是以他對湯言的瞭解，這傢伙肯定會冷血的壓低給那些下崗工人的補償。加上湯言是打著呂紀的旗號跟海川市政府聯繫，金達和孫守義在這種壓力下，勢必很難爲海川重機

爭取更好的方案。

傅華在這邊鬱悶，那邊的湯言也沒有很爽，他一個人坐在自己的辦公室裏，正在考慮這次去海川要對海川市政府提出的重組方案。

電腦螢幕上顯示著海川重機股票的日K線圖。最近海川重機一直在底部無量盤整，這表明莊家高度控盤，小散戶們基本已經清理出局了，剩下一些捂盤不動的，都是一些想跟著莊家賭重組的。

這個局面顯然是對湯言有利，但他的臉上並沒有露出輕鬆的表情，相反還顯得很凝重。這與湯言的個性有關，別看他在人前張揚跋扈，盛氣凌人的，但真要做起事來，他十分沉著冷靜，會把事情的每一個細節都認真的想清楚。

這次湯言的玩法跟以往有些不同，以前他往往是在股市上抓住莊家的弱點，賺一筆就跑，等莊家發現，他已經撤得無影無蹤了。這次卻是複雜許多，不但開了合資公司，又拉進中天集團和方晶，現在還要去跟海川市政府談判。

這一次的重組，湯言自己檢討起來，覺得有很大的賭氣成分在其中，好像是他要做出什麼來給鄭莉看一樣，來證明他比傅華強。這個念頭一開始就有點傻，現在，他竟傻到把事情鬧得這麼大。

賭氣可是商場大忌，賭氣的後果往往會帶來慘敗，湯言心中隱隱有些不安，他再次全

面檢視了這次重組中所有的步驟，確信沒有什麼步驟是在衝動下做出的，心中的不安才被壓了下去。

還有一件讓湯言鬱悶的事，就是妹妹湯曼的加入。

湯曼是因爲傅華才主動加入這次的重組項目，讓本來覺得可以趁機捉弄一下傅華的湯言變得處境尷尬，這下子，他不但不好在湯曼面前對傅華怎麼樣，反而多了一份擔心，擔心湯曼跟傅華攪到一起去。

明天去海川又將會面對什麼樣的局面？那裏可是傅華的家鄉，是他的地盤，他會不會搞些什麼小動作出來呢？這可不得不防。

湯言眉頭皺了起來，完全沒有那種一切盡在他掌握之中的自信感。

湯曼這時推門走了進來，看湯言眉頭緊鎖的樣子，便說：「想什麼呢，哥？」

湯言看了眼天真浪漫的湯曼，沒好氣的說：「正想你呢。你說你非要跟我攪和這件事情幹什麼啊？」

湯曼撒嬌說：「我想跟哥學學怎麼操作嘛。怎麼了，我做的不夠認真嗎？」

湯言瞅了眼湯曼，妹妹做事倒是很認真，只是這樣一個未經世事的女孩攙和進一件複雜的重組案裏，很令他這個哥哥擔心。參與重組的各方勢力都是精明到頂的人物，稍有不慎，就可能讓她受到傷害。那時，認真可是保護不了她的。

湯言苦笑了一下，說：「有些事你小孩子不懂，這裏面複雜著呢，到時候你被人家賣了都不知道。」

湯曼說：「不是還有我的好哥哥保護我嗎？」

湯言搖搖頭說：「真拿你沒辦法。誒，我告訴你啊，明天你跟我去海川，玩隨便你，但如果你要參與談判，儘量多看少說話。」

湯曼正色說：「好，我答應你就是了。」

湯言又說：「還有啊，別跟那個傅華攪在一起，海川是他的家鄉，他比我們都熟悉那裏，小心他算計你。」

湯曼聽了，便不高興地說：「哥，你就是對傅哥有成見。」

湯言表情嚴肅地說：「小曼，我可是為你好。」

湯曼說：「傅哥絕非你想的那種人。好了，我們別爭了，時間不早了，我們去哪兒吃晚飯啊？」

湯言說：「你要餓了，自己找地方吃飯吧，我還有些事情要想想。」

「那你在這兒慢慢想，我先回家了。」湯曼便離開了。

湯言的眼神轉向窗外，又陷入了沉思之中。

第二天一早，湯曼、湯言、傅華，還有湯言的一個助理，一起坐上了北京飛海川的早班飛機。

在飛機上，湯言對傅華很冷淡，打過招呼後，就不再跟他說話了。倒是湯曼跟傅華相談甚歡，不時閒聊著。

到了海川機場，是由孫守義出面迎接他們，孫守義說是因爲金達有事走不開，所以安排他來接機，不過會在晚上設宴爲湯言一行人接風洗塵。

湯言知道這是金達自高身價，才不想出面來機場接他，就倨傲的跟孫守義握了握手，跟著孫守義走出了機場大廳。

雖然金達事先警告過孫守義，說湯言架子很大，但是當孫守義真的見到湯言時，心裏還是有些吃驚，這個人年紀不大，跟海川來迎接他的人站到一起，馬上就讓人有鶴立雞群的感覺，難怪金達會這麼說了。

從機場出來，孫守義將湯言一行人送到海川大酒店。

車子到達海川大酒店門口時，就看到酒店門口圍了一大群人，一看這群人身上穿的工作服，孫守義的頭馬上就大了，竟然是海川重機的工人。

不用說，這幫工人是知道湯言來談判海川重機的重組，才特地等在海川大酒店的門口。也不知道這些人是從哪裡得到消息的。

工人當中有人認識孫守義的車子，看到車子來了，一個巨大的橫幅就拉了起來，上面寫著：「決不允許資本家掠奪海川重機，我們誓與工廠共存亡。」

孫守義尷尬的對湯言說：「湯先生，我沒想到工人們會這樣子鬧，你看我們是不是換個地方住？」

湯言卻無所謂地說：「換地方幹什麼，這地方不是挺好的嗎？」

孫守義擔心地說：「可是這裏有工人鬧事，我怕……」

湯言笑說：「孫副市長，你敢保證換了地方就沒人跟去鬧了嗎？」

孫守義苦笑說：「這個我還真是不敢保證。」

湯言說：「所以囉，就算換了地方，這幫人一樣會跟過去鬧的，與其這樣，還不如就在這裏住下呢。」

孫守義不由得多看了湯言一眼，這傢伙雖然盛氣凌人，但確實有盛氣凌人的本錢，就憑他根本就不拿眼前鬧事的工人當回事情，就說明他有幾分膽識。

既然湯言不打算換地方，車子就在酒店門口停了下來。

湯言看了看身邊的湯曼，說：「小曼，你害怕嗎？」

湯曼搖搖頭說：「怕什麼，我覺得挺熱鬧的。」

湯言說：「不怕的話，那就跟哥哥下車吧。」

湯言先下了車，用眼神掃視了一下四周圍的工人們，神態威嚴地說：「請你們讓一下，別碰到我妹妹。」

工人們竟然被湯言冷酷的眼神逼得往後退了幾步，讓出了一個空間，湯言這才護著湯曼下了車。

孫守義和在另一輛車裏的傅華也下了車，趕緊來到湯曼身邊，護著湯曼往酒店裏面走。

湯言抬頭挺胸，目視前方，走在最前面，圍在前面的工人們被湯言的樣子鎮住了，紛紛往後退，給湯言一行人讓出了一條通道。

酒店的保安看到副市長孫守義來了，也從酒店衝出來接應他們，於是湯言像個大明星一樣，在眾人圍觀下，走進了海川大酒店。

第三章

黑臉白臉

湯言點點頭說：「小曼啊，你從來沒接觸過這些，還不懂這裏面的貓膩，
他們這是在跟我玩黑臉白臉的把戲呢，政府扮白臉，工人扮黑臉，
工人們來跟我鬧一下，政府就可以跟我說安撫不了工人，從而逼我抬高對價。」

進了酒店大廳後，見工人們沒有跟進來，一行人這才鬆了口氣。

傅華忍不住說：「湯少，我剛才還真是有點佩服你啊，想不到你在這種陣勢之下，竟然還能保持住你的傲慢風度。」

湯言冷笑了一下說：「不知道你這是誇獎我呢，還是譏諷我？」

湯曼趕忙說：「哥，傅哥是誇獎你呢，你剛才確實是挺有威嚴的，連我都覺得很佩服你。」

湯言自豪地說：「小曼，你別看外面那些人好像很兇，其實他們心中沒有底氣，只要你氣勢上壓得住他們，他們就會害怕你了。」

酒店的工作人員幫一行人辦好了入住手續，孫守義親自送湯言上去，把湯言送進房間後，歉意的說：「對不起啊，湯先生，沒想到讓你一來就看到這種場面。」

湯言笑笑說：「我倒沒什麼，只要不是貴市想要給我一個下馬威就好。」

孫守義尷尬的說：「絕對不是，您放心，我馬上就安排人處理，保證他們很快就散開了。」

湯言不客氣的說：「那行，我就不耽擱孫副市長了。」

孫守義難堪地從湯言房間裏退了出來，跟傅華一起下了樓。

從一樓大廳的玻璃門往外看去，工人們仍然圍在門口，不肯離去。

孫守義惱火的罵說：「這些人真是胡鬧，重組談判還沒開始，他們跑來這麼鬧是幹什麼啊？」

傅華勸說：「孫副市長，您還是先別急著生氣，趕緊安排人將這些工人領走吧。」

孫守義就打電話通知海川重機過來領人，海川重機來了一個姓李的副總，做了好一番說服的工作，才讓圍著的人群散去。

外面的工人走掉後，李副總來跟孫守義彙報。

孫守義沒好氣的瞪了他一眼，說：「海川重機這是什麼意思啊？市裏面好不容易才請來了有能力重組的貴客，你們倒好，人家剛到就來這一套，怎麼？想把人家攆走嗎？」

李副總趕緊解釋說：「這件事可不是我們海川重機搞的，是工人們私下動員的。您也知道，現在海川重機已經停產，工人們發不上工資都放假回家了，公司根本掌控不了他們的行蹤。」

孫守義哼了聲說：「就會拿這種廢話來搪塞我，公司不可能一點風聲都沒聽到。我告訴你們啊，別跟我耍這種小聰明，這次重組如果不成功，市財政將無法繼續承擔你們這個包袱，到時候只有一條路可走，那就是破產清盤。孰輕孰重，你們就掂量著辦吧。」

李副總低著頭說：「我知道，我知道。」

孫守義看了眼李副總，問道：「誒，你們一把手怎麼沒來啊，事情都鬧成這樣，他還

躲著啊？」

李副總面色尷尬的說：「我們老總病了，去北京治病去了。現在公司是我在負責。」

孫守義這才想起海川重機的總經理跟市裏面請過假，自己一時惱怒竟然忘了，便說：「好了，我知道了，現在既然由你負責，我可跟你說啊，在北京來的客人談判重組海川重機的這段時間之內，我不允許再有騷擾我們客人的行爲發生，否則拿你是問。」

李副總點了點頭，保證說：「我一定安撫好工人，不讓他們再來鬧事了。」

「你去忙你的吧。」孫守義揮了揮手。

李副總離開後，孫守義看了看傅華，說：「傅華啊，一會兒你上去跟湯言解釋一下，這件事是工人們私下的行動，希望不要影響到雙方的談判。」

傅華點點頭，說：「行，回頭我就上去跟湯言解釋。」

孫守義說：「那我先回市政府了。」就離開了。傅華就去了湯言的房間。

湯言看到傅華進來，就說：「如果你是來跟我解釋工人們的事不是政府安排的，就不用多費這個口舌了。是不是他們安排的都無所謂，我也沒把這種陣勢當回事，相反，我還被激起鬥志來了呢。」

傅華忍不住說：「湯言，你這副表情真是夠令人討厭的，你就不能用平心靜氣的態度來跟我談話嗎？這麼跩幹嘛？」

湯言姿態很高地說：「我就這種德性，我可不想跟你像擠牙膏似的一點點的交流，我喜歡直擊核心。你可以轉告你們的市領導，談判會繼續進行的，我不受影響。」

傅華便也公事公辦地說：「行，我會轉告的。」

湯言說：「既然這樣，就請你離開吧。」

湯曼看湯言這麼不客氣地對待傅華，不滿的說：「哥，你對傅哥就不能客氣一點啊?!」

湯言見湯曼臉色很難看，便說：「那好，我會客氣一點。」便轉頭對傅華說：「傅主任，我坐了一個多小時的飛機，很累，現在想休息了。請您離開好嗎？」

傅華冷冷地回說：「湯言，你不趕我，我也會離開的，你以爲我喜歡跟你待在一起啊，好了，不打攪了。」

等傅華離開房間，湯曼瞪了眼湯言，抱怨說：「哥，你這麼玩有意思嗎？你跟傅哥現在是合作關係，對他客氣一點，對你也有好處的。」

湯言冷笑了一下，說：「我跟他合作?!笑話，他還沒這個資格！我的合作方是海川市政府，並不是傅華。」

湯曼生氣地說：「行，我說不過你，你愛怎樣就怎樣吧。」說完，站起來就要離開。

湯言見狀問道：「你要去哪兒？」

湯曼說：「我在這兒看著你就有氣，我回自己的房間。」

湯言說：「先別走，坐下，我有話要跟你說。」

「有話快說。」湯曼氣嘟嘟的坐了下來。

湯言正色說道：「小曼，你別耍小孩子脾氣。哥要跟你說正經事。」

湯曼不耐煩地說：「好了，要說就趕緊說，我聽著呢。」

湯言用央求的語氣說道：「小曼啊，你別這樣子好不好？哥這次的談判並不輕鬆，雖然我事先找了省委書記呂紀跟這裏的市長打了招呼，但是好像並沒有起到什麼作用，這幫傢伙一開始就先給我來了個工人圍堵的鬧劇，這是在給我一個警告啊，警告我，如果談判不能讓他們滿意，這種圍堵的把戲還會上演。」

湯曼雖然任性，仍是跟湯言兄妹同心，看湯言神色凝重，不像剛才那樣輕鬆自在，她很少看到湯言這個樣子，便知道這次的海川之行並不像原來預想的那麼輕鬆，便也嚴肅了起來，說：「真的像你說的那麼嚴重嗎？」

湯言點點頭說：「小曼啊，你從來沒接觸過這些，還不懂這裏面的貓膩，他們這是在跟我玩黑臉白臉的把戲呢，政府扮白臉，工人扮黑臉，工人們來跟我鬧一下，政府就可以跟我說安撫不了工人，從而逼我抬高對價。」

湯曼一聽，便著急地說：「那怎麼辦啊？誒，哥，既然你已經找過東海的省委書記，那就再找一次好了，讓他命令這裏的市長不要再玩這種把戲了。」

湯言笑說：「你啊，真是太幼稚了。他們爲什麼跟我玩這一招，不就是因爲他們覺得如果直接跟我衝突會得罪省委書記呂紀，所以才讓工人們來鬧的嗎？他們玩這個就是爲了應付省委書記的。」

湯曼愣了一下，說：「是這樣啊，這幫傢伙也太陰險了吧？」

湯言說：「我的好妹妹，這種把戲還是算小CASE，真正陰險的你還沒見過呢。我跟你說這些，是想告訴你，海川人對我們兄妹並不友善，你腦子裏面要多根筋，小心被他們害到。」

湯曼面色凝重地說：「好，我會小心的。」

湯言提醒說：「再是我們現在跟傅華並不是一個陣營，而是對立的兩方，你不要老是跟他黏在一起，別讓他從你這裏套取我這邊的情報。」

如果是以前，湯曼一定會反駁湯言，但是剛剛經歷了工人們的圍堵，又被湯言渲染了一番海川存在的風險，湯曼此刻的心自然是跟湯言在同一邊，便乖巧地說：「我知道了，哥，我會注意的。」

湯言又說：「再是，如果你想在海川四處遊玩，以後再找機會來吧，這次就不要了。海川重機在海川是個大廠，工人很多，現在又處於停工的狀態，難保這些工人不會在街頭遇到你，這幫傢伙沒有什麼素質，看到你說不定會對你不利，真要發生什麼事，我回去跟

爸不好交代，所以你還是儘量少出去玩比較好。」

湯曼點點頭，算是答應了下來。

湯言看再沒什麼事情要交代了，這才放湯曼回房間休息。

傅華回到自己的房間，接風宴晚上才舉行，這段時間沒有其他安排，傅華也懶得去應酬，就打了個電話給鄭莉報了平安，補眠去了。

迷迷糊糊睡了一會兒，便聽到有人敲門，他爬起來從貓眼裏往外看去，不禁愣了一下，金達一個人在外面站著呢。

自從上次在海川跟金達翻臉，傅華就再沒跟金達有過什麼交流，此刻金達自己找上門來，傅華不好拒而不見，畢竟他們還是上下級關係，也許金達是爲了工作來的呢。

他開了門，說：「金市長，您有事找我？」

金達面帶笑容說：「不要叫我市長，我今天是以朋友身分來見你的，怎麼？不想請我進去啊？」

傅華遲疑了一下，金達已經自降身分，以朋友自居，這是主動求和的表示，他如果不讓金達進來，倒顯得他沒有了風度，於是傅華就讓金達進了門。

進門之後，金達自己去沙發上坐了下來，看了看說：「看樣子你好像才剛睡醒啊？」

傅華疑惑的看著金達，不明白金達的來意，是想求和呢？還是又有什麼事要他去辦了，就問道：「沒什麼事就小睡一會兒。金市長，您找我有事？」

金達有些不高興地說：「不要稱呼我金市長，跟你說了，我是以朋友的身分來的。」說著，從手包裏拿出五疊百元大鈔，放到傅華面前，說：「這錢本來可以直接匯給你，但我想當面跟你表示謝意，所以專門給你送來了。」

傅華笑笑說：「金市長，您這就太客氣了，沒必要的。」

金達很有誠意地說：「傅華，我覺得有這個必要。這段時間，我好好回想了一下我們認識和交往的過程，這期間每一次我需要幫忙的時候，你都盡全力幫我，我真的欠你一聲謝謝的。」

傅華被說得有點尷尬，便說：「金市長，那些都是過去的事了，你別放在心上。」

金達卻說：「傅華，你先別插嘴，聽我說完好嗎？」

傅華看了一眼金達，金達的表情很嚴肅，像是有很多話要說的樣子，就沒說什麼，讓金達繼續說下去。

金達苦笑了一下，說：「其實我欠你的不止一聲謝謝，作爲朋友的金達，是很不夠意思的，甚至連聽完你提醒我的話的度量都沒有。傅華，你有沒有在心中覺得，做了市長的金達自我膨脹得厲害啊？」

傅華搖搖頭，說：「也沒有啦。」

金達說：「你別否認，自從你跟我說雲龍公司的事情之後，除了工作必須的往來之外，你就再也沒給我打過電話了。」

看來今天金達是想推心置腹的談一談，傅華也就不好再遮遮掩掩了，便說道：「好吧，我承認當時我是很生你的氣，我覺得你忘了你做市長前一直堅持的東西了。你現在還記得你在市府會議上跟徐正吵起來的那件事嗎？」

金達說：「當然啦，我怎麼會忘，就是因爲那件事，我才被打發到北京去讀書的。」

傅華不客氣地說：「事情可能你並沒有忘，但是你身上那種堅持原則的精神到哪兒去了？是不是你現在坐到徐正的位子上，人也變得跟徐正一樣了？」

金達沒想到傅華會這麼說，愣了一下，他可不想被認爲是跟徐正一樣的人，便說：「我跟徐正不一樣吧？起碼我不像他那麼貪腐。」

傅華看了金達一眼，說：「也許你們並不完全一樣，但是你現在的跋扈、聽不進別人的意見，不就跟當初的徐正是一樣的嗎？」

金達這下子不說話了，某種程度上，他的做法的確跟徐正並無二致。

沉默了一會兒，金達說：「傅華，我承認在雲龍公司這件事情上，我是做錯了，當初我應該多聽聽你的意見的，不過，我也爲此付出了很大的代價。」

傅華聽了，說：「你可不要跟我說，你付出的代價是你沒能接任市委書記。」

傅華的話說中了金達心中所想，金達尷尬的笑笑說：「也不完全是啦。」

看到金達言不由衷的樣子，傅華暗自搖了搖頭，權力對一個人的侵蝕可以如此的厲害，竟然讓他一點反省的能力都沒有了。

傅華感到有些無趣，對一個沒有反省能力的人，還能說什麼呢？

他失去了跟金達交談的興趣，把桌上的五萬塊收了起來，冷冷地說：「金市長，你還我的錢我已經收下了，你的道謝我也接受，是不是我們就這樣子吧？」

金達愣住了，說：「什麼叫就這樣子，傅華，我們的談話還沒結束呢。」

傅華笑說：「哦，金市長還有話沒說啊，好啊，我洗耳恭聽。」

金達就有點惱火，他爲了今天這場見面，做了很多準備，按照他的設想，只要他放下架子，坦誠的跟傅華談談，他跟傅華的關係就會恢復到以前的狀態，哪想到還沒說幾句話呢，傅華就開始攆他了。

金達不滿的說：「傅華，我都已經承認我做錯了，你怎麼還是耿耿於懷啊？你這是對朋友的態度嗎？」

傅華說：「金市長……」

「別叫我金市長！跟你說了，我今天是以朋友的身分來的。」金達惱怒的打斷了傅華

的話，嚷道。

傅華不客氣地回說：「那是你自己說的，但是我看到的不是一個朋友，仍然是一個仕途上受了點挫折只想找人傾訴的大市長。你要跟我談什麼啊？是你沒能接任市委書記的苦悶嗎？還是你沒有聽我的話，失去了這一次大好的機會？對不起，這些話題我沒辦法跟你談，我還沒能上到你大市長這一層次，還沒有資格跟你談這些。」

金達沒想到傅華會一點情面都不給他留，被說得滿面通紅，想要辯解點什麼，一時之間卻又找不到什麼措辭，張了張嘴，又閉了起來。

傅華接著說道：「你口口聲聲說拿我當朋友，說你做錯了，你心裏真是這麼想的嗎？我看未必吧？如果你真是這麼想，怎麼連一句真心實意的對不起都不肯說？是不是你大市長的身分太高，已經忘記了如何跟一個下屬說對不起了？」

傅華的話十分直接，金達感覺自己的臉皮都被傅華揭了下來。

金達趕緊解釋說：「傅華，我曾經有想過……」

傅華今天有點豁出去的味道，索性把心中對金達的不滿全部講出來，便不讓金達說下去，說：「你別打斷我，我話還沒說完呢。金達，你今天跑來我這裏，說了那麼多，又做出一副坦誠的樣子，好像是要跟我交心，但是你的每一句話都只是在說你自己的感受，你這樣那樣的，你的感受好像就應該是全部了，你有沒有想過我的感受是什麼？沒有吧？」

金達羞愧地低下了頭，說：「傅華，這個我確實忽略了。」

傅華說：「你確實忽略了，你沒忽略的，是市委書記的職務，還是爲了往上爬的政績？你想過沒有，當初就是爲了你那狗屁政績，不准我去澳洲陪趙婷生產，才害得我離婚的？就因爲趙婷跟我離婚，後來的生活過得並不快樂，還一直被現任丈夫騷擾，你有沒有想過，這件事你有必要跟我和趙婷好好道個歉呢？估計你腦子裏連想都沒想過吧？你當時滿腦子想的都是保稅區申請成功，好幫你的烏紗帽鍍金吧？你知道我爲什麼拒絕丁江安排，跟你見面吃飯嗎？因爲我早看出來，你心中根本就沒有絲毫的歉意。」

金達辯解說：「傅華，這件事我確實處理的很不好，不過，當時是因爲我剛做市長不久，想早點做出政績給別人看而已。」

傅華冷笑一聲說：「你這種心情我理解，人都是想有點作爲的嘛。但是你爲了政績就可以完全不顧別人的感受，這一點我是無法接受的。金達，我沒想到你會變成這個樣子，爲了政績，你可以把你的原則放到一邊，可以把國家的規定置之腦後，可以把勸阻你的提醒當成耳邊風。你已經失去了反省的能力，你不去想你做錯了什麼，腦子裏想的都是你失去接任市委書記的大好機會，還把這看做是一大打擊。金達啊，你的視野就這麼偏狹嗎？權力和職務，這些對你就這麼重要嗎？」

說到這裏，傅華停頓了一下，看看金達說：「你剛才問我，在我的心中，你是不是自

我膨脹的厲害？我想我現在已經給你答案了。還有一點你搞錯了，我那個有理想、有原則、叫做金達的朋友已經不存在了，現在在我面前的，只有一個市長金達而已，我可不敢高攀市長做朋友。所以，如果你沒什麼別的事情的話，我想你可以離開了。」

傅華的話已經近乎羞辱，還下了逐客令，讓金達又羞又惱，站起來連再見都沒說就往外走。

傅華在後面冷冷的看著他，心裏有幾分悲哀，早知道這樣，還不如當初在中央黨校時就不去管他，任由他沉淪好了。

金達開了門，就要往外走，開門的間隙讓他的思緒多少理智了些，心說：這是怎麼了，傅華說的這些難道錯了嗎？自己這麼惱火幹什麼，難道他真的連一點逆耳的話都聽不得了嗎？如果就這麼走了，不但兩人之間的矛盾解不開，自己可能被傅華更看不起啦。

想一想，也確實是自己在很多方面做得不好，才惹來今天的這場羞辱，這都是昔日種下的因，今天結下的果，自己做了就要承受。如果連這都不能承受，那就表示傅華說對了，自己已經沒有反省能力了。

要做大事的人，應該能夠忍受很多常人難以忍受的事，一場小小的羞辱又算什麼呢？

金達便停下腳步，關上門，回來坐到傅華身邊，看著傅華說：

「傅華，你說的不錯，我自從做了市長之後就飄飄然了，忘記了自己是什麼人，就說

上次你回海川，我看到你跟趙婷那個痛苦的樣子，卻始終沒有想過這一切原來都是我造成的，這如果換在當市長之前的金達身上，是不可能發生的，但是我就這麼做了，還做得那麼理所當然，我是被權力迷住了眼睛啊。」

金達去而復返，又講了這些反省的話，讓傅華有些欣慰，畢竟金達身上還是有一些值得他交往的優點。

金達接著說道：「其實上次跟你借錢的時候，我就想跟你道歉的，但是話到嘴邊，就是說不出來。這大概就是我自我膨脹的地方了，總覺得自己是市長，跟一個下屬道歉有失身分。現在想想，真是可笑，難道做了市長的金達，就不是金達了嗎？我跟原來的我並沒有什麼不同，可是別人幾句好話一說，我就迷失了自己。傅華，我在這裏跟你鄭重的道歉，對不起，這幾年來一直都是你在幫我，我不但沒回報你什麼，還害得你離了婚，我很抱歉。我說這些都是真心的，不是因爲你罵了我才這麼講的。你能接受我的道歉嗎？」

這算是金達很真誠的道歉，傅華苦笑了一下，說：「算了吧，其實當初也不能全怪你，我自己也有責任的。」

金達搖搖頭說：「但是我要負主要的責任。你當時就提醒過我，那個保稅區的項目可能批不下來，但是我那時一心只想證明給別人看，我金達是能幹的，便強逼著你……唉，現在說這些都沒有用了，反正都是我的錯啊。」

傅華說：「也不能這麼說，比起徐正來，你這個市長有原則多了。」

金達嘆了口氣說：「不過是五十步笑百步而已。想想挺可笑的，當初我從政的時候，自認爲自己讀了那麼多書，一定不會被這個官場的大染缸染黑，會堅持自己的原則，在官場上做出一番成績來。現在什麼成績沒做出來不說，還成了一個再典型不過的官僚。」

傅華不禁感慨道：「人最難戰勝的其實是自己，我記得曾經在南傳法句經上看到過一句話：彼於戰場上，雖勝百萬人；未若克己者，戰士之最上。」

金達說：「確實是，人要戰勝自己，還真是很困難。」

這時，兩人之間的對立情緒緩解了很多，傅華笑了笑說：「其實，你這個海川市市長做得也不算差，起碼你比徐正清廉，也爲海川市做了些好事。剛才我說的那些話，是帶著情緒說的，不盡客觀。」

金達誠摯地說：「傅華，你不用不好意思，只有像你這樣的真朋友，才肯當面指出我身上的錯。你說你沒拿我當朋友，我不認爲是這樣，是我讓你失望了，你才會這麼說的。其實內心中，你始終是拿我當朋友的。」

兩人慢慢把話說開，橫亙在兩人心中的心結也就解開了，他們聊了很多，回顧這幾年發生在他們之間的事，有好的，也有不好的，兩人似乎又回到了金達在黨校時相處的融洽氛圍中。

兩人正熱火朝天的談著，金達肚子咕嚕了一聲，他笑說：「光顧著說話，都忘記吃飯了。走吧，我請你吃飯。」

傅華笑笑說：「行啊，我也餓了。」

兩人就去酒店的餐廳吃飯。走出房間的那一刻，金達臉上的笑容就又有幾分刻板了起來，而傅華也不自覺的把腳步稍稍放慢了一點，讓金達走在前面，跟在金達的身後。

兩人都清楚，關上門，他們可以是相交莫逆的朋友，但是到了公眾場合，他們上下級的身分還是需要維持的。

時間已經是下午一點多，餐廳裏吃午飯的客人走得差不多了，金達和傅華就隨便要了點東西，在一個小雅座裏吃了起來。

稍微塡飽肚子後，金達問說：「那個湯言沒有因爲有人圍堵而生氣吧？」

金達此時已經恢復市長的身分，開始跟傅華談公事了。

傅華對此倒並不反感，說到底金達還是個市長，如果想跟他做朋友，這一點絕對是無法忽視的。

傅華說：「這倒沒有，這個湯言也是個人物，上午對著那麼多圍堵的工人，一點都沒慌張，雖然我很討厭他一副很跩的樣子，但是這一點，我也不得不佩服他。」

金達說：「孫副市長對湯言這一點也很讚賞，直誇湯言不愧是大戶人家出來的，見多

識廣，能夠鎮得住場面。」

傅華說：「他確實能鎮得住場面。至於他生沒生氣，雖然他在我面前表現出無所謂的樣子，但我覺得他心裏是很不滿的，他一定認爲這是海川市給他來的下馬威。」

金達搖搖頭，說：「這一點市裏還真是冤枉的，這與市裏一點關係都沒有，說實話，市裏是很想促成這筆交易的。」

傅華勸慰說：「你不用擔心，湯言對海川重機是志在必得，他不會因爲幾個工人鬧一鬧就退出的。」

金達擔心地說：「不過，工人這麼一鬧，給了他口實，讓他更瞭解了海川重機的困境，也就讓他更增加了要價的砝碼。」

傅華說：「這是雙面的，市裏也可以據此拒絕湯言過低的出價啊。」

金達想了想說：「這倒也是。誒，傅華，你知道我爲什麼非要叫你參與這次的談判嗎？」

傅華笑說：「你想利用我做安全閥嘛，當我不知道啊？」

金達點點頭，說：「利用你我很抱歉，只是這次市裏並沒有多少談判的砝碼，利用你也是情非得已。這是爲了替海川重機爭取最大的利益，希望你盡力扮演好你的角色，爲海川重機的工人們多爭取一點是一點了。」

傅華笑笑說：「雖然又被你利用我心裏很不舒服，但是孰輕孰重我還是清楚的，你放心吧，我會扮好這個黑臉，盡力幫海川重機爭取的。」

金達嘆了口氣，說：「其實，我最不喜歡搞這種領導打招呼的事了，尤其還牽涉到那麼多的工人，真是令人頭疼啊。不過，這也是目前能解決海川重機的機會，我們就各盡其職，把事情辦好吧。」

晚上，金達設宴宴請湯言，孫守義和傅華等人出席作陪。

這個宴會算是一個例行的歡迎宴會，大家說的都是場面話，席間賓主倒還算客氣。

正式的談判在第二天展開，湯言拿出了他擬定的方案，按照他的設想，他希望市政府能夠出面協調，將海川重機欠銀行的債務進行剝離；而他對海川重機工人下崗的安置費用果然非常的低。

對此，傅華提出了強烈的反對意見，認爲如果按照湯言的方案去做，海川重機的工人們絕對不會接受，談判就陷入了拉鋸式的磋商階段。

這是談判開始的階段，雙方實際上都在試探對方的底牌，經過幾天的磋商，雙方最後大致達成了框架協議，海川市政府同意湯言提出的海川重機主業轉換爲房地產開發的構想，並會爲新進入海川重機的公司提供必要的幫助，也同意幫忙海川重機協調銀行，將貸

款轉換成股份，湯言因而也釋出善意，同意給予海川重機工人比較滿意的安置費用。

框架協議達成，湯言一行人就準備返回北京，孫守義在當晚設宴為湯言送行。

宴會舉行前，卻臨時發生插曲，孫守義突然接到市委辦公廳的通知，說是市委書記莫克要來參加這次的送行晚宴。

這個通知來的有點突然，孫守義感覺十分詫異，他把情況跟金達說，金達也覺得很茫然，按說，莫克要插手海川重機的事，應該在談判進行過程中就插手，現在湯言都要離開了他才突然出現，他也弄不明白其中的緣由。

兩人納悶了半天，不過也不好明確拒絕莫克來參加晚宴，只好順其自然了。

晚宴按時舉行，不過請客的主人變成了市委書記莫克，孫守義陪同。席間，莫克諂媚至極，幾次提到了湯言的父親，說了許多拍馬屁的話，聽得孫守義和傅華直皺眉頭，心中拼命罵這個莫克沒品。

孫守義至此明白莫克怎麼突然要來參加這次宴會了，一定是他不知道從什麼途徑瞭解到湯言的背景，這才找上門來想跟湯言攀關係的。

湯言依舊是一副倨傲的樣子，有一搭沒一搭的應付著。看湯言一副不拿他當回事的樣子，為了吹噓抬高自己，莫克把北京的馬睿副部長搬了出來，說他當初跟馬睿副部長在江北省曾共事過，現在還一直有往來。

湯言聽了有些詫異，沒想到眼前這個看上去有點猥瑣的市委書記竟然在江北省工作過，還跟馬睿共過事。

他知道馬睿，更知道馬睿跟方晶的關係。按照這個關係推算，莫克跟方晶也應該認識，怎麼從來沒聽方晶說起過這個人啊？

湯言便笑笑說：「莫書記，聽你這麼說，你認識當時的江北省省長林鈞了？」

莫克回說：「那當然了，那時候我們都在林鈞省長手下工作，林省長是一個很能幹的領導，我跟馬睿副部長都是他培養起來的，可惜後來送了性命。我就是因此受到排擠，才調到東海省來工作的。馬睿副部長也是因爲林鈞的關係，才去北京工作的。」

莫克居然跟林鈞有過這麼一段交集，那他更應該知道方晶才對。湯言十分懷疑方晶跟莫克有往來，只是不知爲何故意隱瞞這麼重要的一層關係而不透露。

湯言是個做事謹慎的人，心中有了這個疑問，不弄明白是無法安心的，便笑笑說：「莫書記，那我另外一個朋友你也該認識了，她也曾經在江北省政府工作過。」

莫克好奇地說：「是誰啊，如果跟我同時期在江北待過，那我應該認識的。」

湯言說：「她的名字叫做方晶。」

莫克聽了，笑說：「原來湯先生說的是方晶啊，那太認識了，她原來就是我手下的兵。誒，湯先生，你是怎麼認識方晶的啊？」

湯言解釋說：「她是我常去的一家俱樂部的老闆娘。」

莫克說：「你是說鼎福俱樂部吧？」

湯言笑說：「莫書記也知道鼎福俱樂部？」

莫克回說：「當然知道啦，前幾天我跟方晶聯繫的時候，她還邀請我去北京玩呢。她說她開了一家叫做鼎福的俱樂部，我還沒當回事，沒想到這家俱樂部還挺像個樣子的。」

湯言稱讚說：「豈止是像個樣子，鼎福俱樂部在北京可是數得著的俱樂部，那裏的會員都是很有層次的人。誒，這個方老闆也是的，我跟她說我要來海川，她竟然沒提過還有一個老領導在海川做市委書記。」

莫克不以爲意地說：「可能沒來得及說吧。我也曾邀請過她來海川看看，她答應說要來，卻一直沒有成行，下次湯先生要是再來海川，約她一起過來，我負責接待你們。」

其實莫克今天來參加這個送行宴會，很大的一部分原因就是因爲方晶。

方晶曾找他要過海川重機的資料，湯言又來談判海川重機的重組，他就猜測這個湯言很可能跟方晶有什麼聯繫，心想也許方晶或者湯言會主動找他這個市委書記幫忙。

但是湯言到了海川後，絲毫沒有要跟他聯繫的樣子，方晶那邊也是一點動靜都沒有。這讓莫克十分納悶，就調查了湯言的背景，才知道湯言是北京某高層的公子，來頭很硬，這次來海川，更是省委書記呂紀打的招呼。

這樣一個厲害人物，莫克自然很想結識一下，再加上他很想摸清楚湯言跟方晶是不是存在著某種聯繫，所以才主動說要來爲湯言送行。

湯言從莫克的話中，意外得到了很豐富的資訊，原來方晶是跟莫克有聯繫的，而且私交似乎還不錯，那方晶不告訴他她跟莫克的關係，就很耐人尋味了，畢竟要重組企業，所在城市的市委書記是個很關鍵性的人物，運用得好的話，將會是一個很大的助力。

方晶卻沒有洩露一點關於這方面的資訊，這個女人留這麼個伏筆是想幹什麼呢？

湯言其實一直對方晶有所防範，此刻發現方晶竟然還有這麼一件事情瞞著他，心中的震驚可想而知。

湯言很懷疑莫克對海川重機的重組知道了些什麼，他試探的說：「莫書記，你這麼熱心邀請方老闆來，是有什麼項目要讓她做嗎？」

莫克心說：方晶唯一在我面前提到過的項目就是海川重機，現在看上去，似乎湯言並不知道這件事，也不知道他們是什麼關係，也許兩人之間存在一定的競爭關係也很難說。那就不好說方晶也對海川重機感興趣了。

莫克便笑笑說：「也沒什麼具體的項目啦，我是想我來海川工作，也希望我的一些朋友能夠來海川發展，也算是我爲海川經濟盡一點心力吧。」

湯言笑笑說：「原來是這樣啊，莫書記還真是關心地方經濟的發展啊。」

莫克說：「主政一方，當然要爲百姓做點什麼的。」

湯言客套地說：「你真是一位好父母官，下次我如果過來，一定幫你邀請她。」

兩人至此放下了方晶這個話題，莫克開始感謝湯言這次來海川，說湯言是來拯救海川重機的，又說了一大堆巴結奉承的話，讓一向高傲的湯言都覺得不好意思了。

一旁作陪的傅華看到這個情形，心中感到十分的好笑，連湯言都謙虛起來，可見莫克的話有多過頭。省裏不知道是怎麼考慮的，竟然派了這麼一個傢伙來海川做市委書記，真是滑稽，以後金達和孫守義怕是有頭痛的日子過了。

不過，傅華的心思並沒有都放在莫克吹捧湯言的談話上，他更感興趣的是兩人提到的方晶，他感覺湯言似乎話中有話，好像是想從莫克那裏尋找什麼訊息。難道方晶也與這次的重組有關嗎？

湯言一直沒有揭開重組海川重機那家公司神秘的面紗，只說是一家叫做新和集團的公司，傅華查了一下，這家新和集團新註冊不久，背景神秘，大股東是一家海外註冊的離岸公司，無法查明來歷。

傅華猜測這家公司是爲了重組海川重機才特地設立的。難道說，這家神秘的離岸公司與方晶有關？

再是方晶這個女人，年紀輕輕就能在北京開這麼一家有名的俱樂部，她的來歷本就讓人感到好奇，而她幾年前還是莫克的部下，這更是啓人疑竇了。一個省發展研究室的小職員竟能在短短幾年間就累積起那麼巨額的財富？難道是灰姑娘遇到王子了嗎？

傅華雖然見過方晶幾次，但是以前從來沒對她感興趣，現在方晶似乎與海川重機的重組扯上了關係，他對此就不能不有所防備了，看來要想辦法摸摸方晶這個女人的底。

宴會散席時，莫克已經有些醉意了，這是因爲湯言特意敬了他好幾杯酒的緣故。

莫克不知道，湯言之所以突然對他變得熱情了起來，是因爲湯言想明白方晶爲什麼對他有所隱瞞，他認爲方晶是想埋下莫克這手暗棋，將來好用他來對付這次重組的其他人。湯言覺得跟莫克的關係變得很重要，因而不得不壓下心中對莫克的厭惡，對莫克大灌黃湯。

第四章

以身作則

金達看呂紀很讚賞莫克的做法，心裏就有些彆扭，心說，他是你提拔起來的，你當然不會說他不好了。就說：「我們不覺得莫克同志這麼做不對，相反，我們都覺得要跟莫克同志學習，學習他以身作則的這種精神呢。」

第二天上班，莫克的頭還是暈暈的，但是他的心情很愉快。他覺得昨晚跟湯言這場酒喝得十分値得。在莫克的心目中，湯言這個關係需要長期發展下去，如果能靠上湯言的父親就更好了，那可是一座絕對靠得住的大山。

得到有力靠山，是莫克渴望已久的事，他覺得自己的才能並不比金達差，可是他的仕途卻沒有金達順遂，這還不都是因爲金達背後有郭奎做靠山嘛?!如果自己能攀上湯言的父親，那郭奎又算什麼。

想到這裏，莫克就有點遺憾昨天沒有把上午的行程推遲一下，要不然他還可以到機場給湯言送行，讓他錯過又一次親近湯言的機會。

他摸出手機，想給湯言去個電話，可看看時間，湯言此時應該已經上了飛機，只好鬱悶的把電話收了起來。

這時，秘書領著一個四十多歲的中年男子走了進來。

莫克趕忙站起來，招呼說：「董主任，這麼早就過來了?」

被稱作董主任的人笑了笑說：「我怕莫書記太忙，如果太晚來，您可能就去忙別的事了，所以提早趕了過來。」

莫克笑說：「再忙，董主任的大駕我也要恭候啊，您可是省報的一枝名筆，要是損我一下，我可受不了啊。」

原來來人是省日報社的董主任。董主任前天來電話，說是在海川日報上看到莫克那篇報導，覺得很有報導價值，所以想來海川採訪一下莫克。

莫克聽了十分興奮，如果這個人的生花妙筆能來報導一下他，那等於給他做了一個政績的大廣告，讓他能在全省來一次閃亮的亮相，莫克趕忙答應了下來，於是兩人約在今天見面。

董主任笑笑說：「莫書記，您這是在笑話我了，您才是東海省委的一枝筆，誰不知道郭書記的很多講稿都出自您的手筆啊。」

莫克對董主任這麼說他感覺很得意，便謙虛地說：「董主任謬讚了，請坐請坐。」

莫克問道：「董主任，我那點小事值得您親自出馬採訪嗎？」

董主任知道莫克是在說客氣話，如果他真的覺得不值得採訪，前天打電話的時候他就會拒絕了。難怪省裏很多人說這個莫克愛做表面文章，果然是有夠虛偽的了。

董主任笑說：「莫書記太謙虛了，怎麼會是小事呢？現在這種社會風氣，拉關係走後門的官員到處都是，有幾個能像您這樣嚴格自律、不違背規則的人啊？」

莫克假意地說：「跟您說實話，我當時這麼做並沒有想太多，只覺得我不能一到海川來，就給自己搞特殊化，那樣是會被老百姓在背後指著罵的。」

董主任誇說：「莫書記您這話說得太好了，這說明您這是發自內心的自覺行爲，更表

示嚴格自律的精神早已深入您的骨髓了。您等一下，我先把這話記下來。」董主任就拿出紙筆，開始記錄下莫克的話。

莫克說：「你開始採訪了嗎？」

董主任說：「是的，莫書記，您能不能跟我講一下這件事的經過啊？」

莫克笑笑說：「可以啊。事情的起因是這樣子的，我被上面安排到海川工作，我和妻子就產生了兩地分居的問題，妻子很支持我的工作，想跟我一起調到海川來，我就把這個情況跟海川市委的其他領導同志說，想請他們幫我妻子安排一下。至於是那些領導同志，我就不點出名字了，董主任您能理解吧？」

董主任心說：這傢伙可真夠虛僞的，這時候還想裝好人，就算你不點名字，別人也知道你說的是誰啊。

董主任笑笑說：「我理解，你們畢竟是同事，點了名就不利於團結了。」

莫克說：「對對，我也是這麼想的。我跟其他領導說了之後，其他領導就誤會我的意思了，認爲我是想把妻子好好安排一下，然後就在市委常委會上把這件事情提了出來。我覺得我才剛到海川來，不能給大家做一個錯誤的示範，於是就感謝了同志們對我的好意，拒絕他們給我妻子超出規格的安排，讓她平調到海川的審計部門工作。」

董主任笑笑說：「您真是高風亮節啊。那其他領導同志對此是怎麼看的？」

莫克回說：「其他領導同志一開始還不太能理解，我就跟他們做了溝通，跟他們講了我的想法。我覺得權力是一把雙刃劍，用好了能爲社會造福，用不好，就會給組織上造成極爲惡劣的影響。所以我們更要正確行使手中的權力，哪些事能做，哪些事不能做，腦子裏一定要有明確的界限。」

董主任邊聽邊點頭，讚說：「莫書記，您說的真是太棒了，您的話我幾乎不用改，就是一篇很好的社論了。我想這篇報導一定能發個頭條。」

莫克高興地說：「那就要董主任多費心了。」

董主任笑笑說：「一定一定。」

採訪到此就算告一段落，看看時間還不到吃午飯的時候，董主任就要告辭，莫克很堅決的把他留了下來，中午，又在海川大酒店設宴招待了董主任。午宴後，更是給董主任安排了豐盛的禮物帶走。

回到北京之後，傅華就打了個電話給蘇南，問他知不知道方晶的情況。

蘇南聽了之後，說：「鼎福俱樂部我是聽說過，不過我跟他們沒有往來，不認識他們的老闆娘方晶。怎麼，你有什麼事，需要瞭解這個人嗎？」

傅華失望地說：「我想瞭解一下這個女人的底細，既然南哥不知道，那就算了。」

蘇南建議說：「這件事你問我是問錯人了，你應該問曉菲的，她們都是做服務業的，算是同行，我想她應該知道。」

「曉菲？」

傅華愣了一下，他不太願意主動去跟曉菲打交道，不過蘇南既然提出來了，他不去問曉菲，反而顯得心中有鬼，於是說：「行，南哥，回頭我問一下曉菲。」

傅華就給曉菲撥了電話。

曉菲接到傅華的電話，有些意外地說：「今兒這是怎麼了，太陽從西邊出來啦，你竟然主動給我打電話？」

傅華笑說：「曉菲，別鬧了，我有事要問你。」

曉菲哀怨地說：「我就知道你一定是有事要求我才會打來的。說吧，什麼事？」

傅華問：「我想跟你打聽一個人，鼎福俱樂部你知道吧？」

「鼎福俱樂部？」曉菲愣了一下，說：「傅華，你招惹鼎福俱樂部了？」

傅華笑笑說：「我沒招惹它，只是想跟你打聽一下老闆娘方晶的來歷。」

曉菲緊張了起來，說：「傅華，你打聽方晶幹什麼？別是看上她了吧？」

傅華趕忙說：「別胡扯了，你又不是不知道我的爲人。」

曉菲笑說：「我是知道你的爲人，但是我也知道男人對年輕漂亮的女人是沒有抵抗力

的。這個方晶可是一朵嬌嫩漂亮的花啊，你不是也想做她的裙下之臣吧？」

傅華駁斥說：「曉菲，你在說什麼呢，我是有事牽扯到這個女人，所以想要瞭解一下，可不是想跟她有什麼瓜葛。看來你是知道這個女人，那就跟我說說她的背景吧。」

曉菲勸阻說：「你還是別打聽那麼多了，這個女人背景很複雜，不是你能招惹的。傅華，我勸你離她遠一點吧。」

傅華早猜到方晶背景複雜，但是沒想到連曉菲都這麼說，這讓他更加好奇了，便說道：「曉菲，我只是想瞭解一下而已，你跟我簡單的說一下吧。」

曉菲語重心長地說：「傅華，你別這麼好奇了，我不告訴你是爲你好，反正，你千萬別跟這個女人發生什麼瓜葛就是了。再有，鼎福那種地方也不是你該去的，那個地方出入的人都很複雜，你別惹火上身，知道嗎？」

傅華不以爲然地說：「曉菲，你是不是也太故弄玄虛了，方晶沒你說的這麼玄乎吧？我看她也沒什麼啊？」

曉菲笑說：「如果你覺得沒什麼的話，還來問我幹什麼？」

傅華最終還是沒能從曉菲那裏問出方晶的事，只好作罷，不過，他心中對方晶就此留下了一個很深的印痕，想說一定要找個機會弄清楚這個女人的來歷。

另一個對方晶起疑的人是湯言，不過他沒像傅華這麼迂迴，而是在回到北京的當晚就

去了鼎福俱樂部，直接讓公關經理把方晶找來。

方晶也很想知道湯言這次的海川之行收穫了什麼，一聽湯言找他，匆忙趕了過來，一進門就說：「湯少，這次海川之行應該收穫頗豐吧？」

湯言看了一眼方晶，眼神中充滿了疑問，這個女人除了隱瞞他莫克的事，還有多少事情是他不知道的？她身後的背景人物是不是僅僅只有一個馬睿？她捲走的那些林鈞的巨額資產，又是怎麼在國內外轉來轉去的？

這種洗錢的手法，馬睿是不可能幹的，方晶一個女人似乎也無法辦到，那又是誰幫她辦的呢？原本湯言摸過方晶的底，覺得對她算是很瞭解了，今天他才意識到，這女人的許多事他都不知道。

湯言笑笑說：「我出馬當然是不會空手而回啦。大致的協議已經搞出來了，海川市政府基本上同意我方商定的內容。回頭我把鄭叔和中天集團找來，我們幾個研究一下，把協議確定下來。」

方晶聽了說：「我就知道湯少能幹。怎麼樣，這次去海川玩得還好嗎？」

湯言說：「玩？哪有時間玩啊，我跟海川市政府磨了幾天才把協議給談出來，連小曼都被我拴在身邊，沒能好好的逛一逛海川呢。」

方晶笑笑說：「那湯少這次真是辛苦了，來，我敬你一杯。」

兩人就拿起酒杯碰了一下，各自喝了一口。

湯言斜睨了方晶一眼，笑了笑說：「老闆娘，這次很有意思，你知道嗎，我在海川碰到了一個你的熟人。」

方晶愣了一下，說：「熟人，是誰啊？」

湯言說：「你猜猜看。」

方晶心裏有些打鼓，難道湯言知道莫克了？應該不會吧，湯言這次去談判的對手是海川市政府，莫克應該跟他不會發生什麼交集才對。不過湯言這麼說，肯定是意有所指，而她在海川的熟人只有一個莫克。

方晶還不想將莫克這個關係講出來，便打哈哈說：「到底是誰啊？我熟人那麼多，怎麼猜得著啊。好了，湯少，別逗我了，快說是誰吧。」

湯言心說：這女人心思轉得可真夠快的，一句熟人很多，就把水給攪渾了，這樣就可以避免直接說出莫克的名字來了。

湯言便開玩笑說：「不會吧，老闆娘，海川市市委書記這樣重要的人物你也猜不著？」

方晶心裏一驚，這傢伙怎麼摸到了莫克跟她是朋友的情報了？湯言知道了這層關係，心中一定會對她起疑的，可要小心應對了。

要不要跟他解釋一下自己跟莫克的關係呢？算了，還是先不要的好，有些事情不解釋

還好，越解釋越是解釋不清楚，索性裝糊塗。

她便笑了一下，說：「原來是他啊，湯少，你是怎麼認識莫克的？」

湯言看方晶這麼冷靜，不禁嘆道這個女人果然是個人物，他揭開了她的底牌，她卻一點慌亂的表情都沒有。要是此刻方晶忙著解釋，湯言還會相信方晶沒有什麼隱瞞，但現在方晶這麼篤定，反而說明她心中有鬼。

哼！不能讓她這樣裝無辜下去了，我要戳穿她的把戲。

湯言故作姿態說：「談判結束後，莫克出面給我們送行，所以就認識了。老闆娘，你這就不應該了，你認識海川市市委書記這麼重要的關係，怎麼都不跟我們這些合作夥伴講呢？你把他藏著，不會是心裏有什麼不能告訴我們的算計吧？」

方晶早猜到湯言會這麼說，便笑了笑說：「湯少，這你可是誤會我了，我不跟你們講，是有我不講的原因。你也看到那傢伙了，你覺得那個人怎麼樣？」

湯言心想：那傢伙典型一個拍鬚溜馬的小人，討厭得很，但是我現在還搞不清楚你跟莫克的關係，一旦貶低他，讓你把話傳到他的耳裏，他可就對我有惡感了，那樣子就會對重組有所阻撓的，於是說道：「挺厚道的一個人啊，對我很熱情。」

方晶搖了搖頭，說：「湯少，以你的閱歷，不會看不出莫克這個人有些虛偽吧？」

湯言笑說：「虛偽？做官的都是那個德行，莫克這樣也並沒有什麼特別的啊。」

方晶表情嚴肅地說：「可能湯少沒覺得什麼，我卻覺得這個人靠不住。我跟他是最近才恢復聯絡的，他打電話給我，說要做海川市委書記了，歡迎我去海川看看。在江北省的時候，他是我的上級，我不好太不給他面子，就隨便敷衍了他幾句。跟你說實話，我是看不起這個人的，我認爲他在關鍵時刻根本靠不住。你說，我把一個我都看不起的關係介紹給合作夥伴幹什麼呢？難道要害你們嗎？再說了，這次湯少你不是所有關係都打點好了嗎？也不需要用到這個人，是吧？」

方晶的解釋合情合理，湯言就不好再說什麼了，便說：「原來是我誤會你了，其實我們這些做金融運作的，多認識幾個人並不是什麼壞事，這社會上的人本就是形形色色，什麼樣的人都有，如果你只想去結交那些實實在在、講義氣的朋友，那可能這輩子根本沒幾個朋友了。」

方晶聽了，笑說：「湯少的意思是想跟這個莫克交往了？行，回頭我來安排好了。」

湯言說：「這倒不用了，那傢伙知道我父親是誰之後，就對我熱情得很，我們處得不錯，他還說到北京來會找我呢。」

湯言故意把自己跟莫克的關係說得很親暱，是想斷了方晶的後路，他不完全相信方晶的解釋，他之所以告訴方晶他跟莫克的關係不錯，而且莫克還知道他的父親是誰，就是想警告方晶，別在莫克那裏打什麼壞主意，因爲莫克到時候也不一定就會幫她。

方晶在心裏罵了湯言一句狡猾，她也是冰雪聰明的人，馬上就明白湯言話裏是什麼意思，那就是湯言知道了她跟莫克的關係，想要防止她利用莫克來搞鬼，這才刻意去跟莫克結交的。

方晶笑笑說：「這樣就更好了，還省得我費事了。」

方晶也不禁罵莫克是勢利小人，看到湯言的父親是高層就使勁的貼上去。不過她也無可奈何，起碼在表面上，湯言對莫克的誘惑力比自己大很多，在關鍵時刻莫克究竟會幫誰，她還真是沒底。

第二天，鄭堅來湯言的辦公室，湯言把這次在海川的談判情況跟鄭堅說，又講了他發現方晶隱瞞莫克這層關係的事，說對方晶有些懷疑。

鄭堅卻對湯言的看法不以為然，笑笑說：「湯少，你是不是對這個女人有成見啊？我覺得她的解釋倒挺合情合理的。你應該知道，女人是感覺的動物，不像男人那麼理智。那個叫莫克的男人讓她感覺不好，她就不想介紹給朋友，這很正常啊。」

湯言不認同，說：「鄭叔啊，你可不要拿方晶當普通的女人，這女人絕對不那麼簡單的。」

鄭堅說：「我可看不出她不簡單在哪裡？是啊，她一個女人能在京城闖出一片天，確實很不容易，可是你也不要忘了，她是個女人，還是個很漂亮的女人，這樣的女人要想做

一番事業出來，是比我們男人具有更多先天的優勢的。」

湯言反駁說：「鄭叔，你把事情想得太簡單了，有些事可不是只靠躺下來就能解決的。你想過沒有，如果方晶手裏的錢真是林鈞洗出去的錢，這些錢想要回到國內，是不是也不那麼容易啊？五千萬這筆錢數目不小，方晶是怎麼把錢調進國內的呢？」

鄭堅笑笑說：「怎麼調出去的，就怎麼調回來唄。」

湯言說：「如果方晶是利用原有的管道，那就說明她掌控了林鈞原來的一些關係。這樣的話，你還覺得這個女人簡單嗎？」

鄭堅仍是不在意地說：「湯少，你也別太敏感了，那頂多說明方晶運用了一些林鈞留下來的關係罷了。馬睿、莫克不都是林鈞的人嗎？這並不說明方晶多有本事。」

湯言看無法說服鄭堅，便笑了笑說：「也許吧。誒，鄭叔，框架協議談出來之後，海川重機重組就要進入到實際操作面了，你要怎麼辦啊，還是躲著你的寶貝女婿不見面嗎？」

鄭堅哼了聲說：「我躲他幹嘛，我又不怕他！」

湯言勸說：「算了吧，鄭叔，你也別跟他們較勁了，畢竟是你的女兒女婿，找個機會和好算了。」

鄭堅固執地說：「湯少，你也不是不知道情況，是我在跟他們較勁嗎？是他們在跟我較勁呢。不要管他們了，這點事我還受得住，他們愛怎麼弄就怎麼弄吧。」

海川，金達辦公室。

莫克的那篇採訪報導在省報上發了一個頭條，孫守義正跟金達在聊這件事。

孫守義說：「這個莫克臉皮可真夠厚的，把自己誇得跟偉人一樣，還刻意的來貶低我們，真沒想到這傢伙竟然這麼無恥。」

金達笑說：「就讓他表演下去吧。誒，老孫啊，那天送湯言，莫克非要出面，他在宴會上說了些什麼啊？」

孫守義噁心地說：「金市長，你就別提這件事了，說起來我的雞皮疙瘩都要掉滿地了。你沒看到那天的情形，我們的莫大書記看到湯言那個諂媚勁啊，我也算見過拍馬屁的，卻沒見過這麼……，唉，你讓我怎麼形容呢？」

金達說：「他是被湯言父親的地位給迷住眼睛了，他也不想想人家那麼高的地位，怎麼會去搭理他啊？再說，湯言那麼倨傲的一個人，又怎麼會看得起他呢？莫克這麼做，一定是馬屁拍到馬腳上了吧？」

孫守義卻搖搖頭說：「很奇怪，一開始湯言好像對莫克有些反感，對他不理不睬的，但是後來不知道為什麼，卻變得熱情了起來，最後還敬了莫克好幾杯酒呢。」

金達愣了一下，說：「這是什麼意思啊，難道是湯言想在莫克身上打什麼主意？如果

是那樣子的話，對我們來說，可不是個好消息啊。」

湯言如果真的跟莫克搭上線，很可能利用莫克這個市委書記的權力對海川重機的重組操作進行干預。這對海川市政府的影響更甚於呂紀。呂紀畢竟是省委書記，只能是幫湯言打個招呼，而莫克就不同了，他是有權干涉具體事務的。

辦公室裏出現了一陣短暫的沉默，兩人都覺得心情有些鬱悶。

過了一會兒，孫守義說：「市長啊，我們跟湯言談的這個方案是不是要跟呂書記彙報一下，在他那裏備個案，日後莫克再來干涉，我們也可以把呂書記抬出來應付一下他？」

金達想了想說：「是啊，你說的這個方法不錯，這樣吧，我跟呂書記聯繫一下，去齊州跟他彙報好了。」

金達就跟呂紀通了電話，說想去齊州跟呂紀當面彙報。

呂紀遲疑了一下，然後說：「好，你來吧。」

於是金達就趕往齊州，下午到了呂紀的辦公室。

呂紀看到金達來了，很熱情地說：「秀才到了，坐坐。」

兩人就去沙發那裏坐了下來，金達把跟湯言談判出來的協議跟呂紀彙報。呂紀聽得很認真，不時地點頭。

金達講完後，呂紀說：「秀才啊，你們的尺度把握得很好，既讓來重組的客商有利益

可得，也讓海川重機的工人們得到了很好的安置，兩方都兼顧到了，不錯。」

聽呂紀這麼說，金達鬆了口氣，看來呂紀是很滿意的。

金達立即說：「我們這都是根據您的指示去做的。」

呂紀笑說：「好了，秀才，別給我說好聽的了，你沒在背後罵我瞎干涉海川的事務就不錯了。」

金達趕忙否認道：「我哪敢啊？」

呂紀說：「你敢不敢我就不管了，這次我也背了很大的壓力，你要理解。」

金達點點頭說：「我知道您是有難處的。」

呂紀欣慰地說：「你知道就好。誒，秀才，跟莫克同志相處的還好吧？」

金達按下心中的不滿說：「還可以吧。莫克同志理論水準高，原則性強，到海川來，是我們海川的福氣啊。」

呂紀聽了，打趣說：「秀才，我怎麼聽你的口氣，好像是反話啊？」

「我可沒有啊，莫克同志剛到海川，就給我們這些同志上了很好的一課，我們確實是要跟他學習的。」金達忙澄清說。

呂紀說：「你是說他拒絕給妻子安排工作這件事吧？」

金達詫異地說：「這件事您也知道啊？」

呂紀笑笑說：「我天天看省報，這件事怎麼會不知道呢？秀才，莫克同志拿這件事做文章，是有些不近人情，不過，有些時候是需要這樣子做的。」

金達看呂紀很讚賞莫克的做法，心裏就有些彆扭，心說，他是你提拔起來的，你當然不會說他不好了。就乾笑了一下，說：「我們不覺得莫克同志這麼做不對，相反，我們都覺得要跟莫克同志學習，學習他以身作則的這種精神呢。」

呂紀不禁笑了起來，說：「你別這麼心不甘情不願的說假話了，秀才啊，我們一起工作也不是一天兩天了，你什麼性格我還不清楚嗎？我知道你對莫克同志這種貶低別人抬高自己的做法很不高興。說實話，我也不欣賞這種做法。但是莫克同志這麼做，也有他的可取之處，這一點就是你應該跟他學習的地方了。」

金達看了呂紀一眼，不明白呂紀到底是什麼意思，既然不欣賞，卻還要向他學習，學習什麼啊？難道學習這種踩著別人抬高自己的作風嗎？

呂紀看金達一副困惑的樣子，解釋說：「秀才，你這個人啊，頭腦不能說不聰明，但是有些地方卻笨得像個小學生，你不要把腦筋全部都動在工作上，也要學著如何做好一個領導。你要知道，領導可不是悶著頭幹就能做得好，是有很多技巧的。」

金達抱怨說：「呂書記，我可不想學莫克動別人的歪腦筋，就像這次他妻子職位的事，明明是他讓我們給他安排的，我們出於同事的好心，也認爲給他老婆安排得好一點能

讓他安心工作，這才提出那樣的建議。就算他認爲我們做得超出規格了，否決掉就算了，有必要拿著這件事這麼大做文章嗎？」

呂紀搖了搖頭，說：「秀才，你真是幼稚啊，難怪郭書記離開東海時，始終對你不放心，看來你確實有令他不放心的地方。在這些事情上面，爲什麼你就不能動動腦筋呢？爲什麼就不能像你在海洋科技規劃上那樣，設想得周詳一點呢？人家讓你幫他安排，你就自作主張的幫人安排啊？你就沒想想他找你安排這件事是爲了什麼？你不去想想你自作主張幫人安排，人家如果不接受會是個什麼樣的結果？」

金達叫屈說：「我覺得他找我，是因爲他認爲自己出面做這種安排不好意思，我作爲同事幫他解決了，今後大家也好相處，誰知道他會跟我來這一手。」

呂紀聽了，說：「看來你知道要跟同事搞好關係了，不錯！不過，你瞭解莫克這個人嗎？」

金達搖搖頭，說：「不瞭解，以前我跟他沒什麼接觸，就是感覺他做副秘書長的時候很低調。」

呂紀又問：「那你覺得他做了海川市委書記之後，還低調嗎？」

金達說：「省報都上了，怎麼還能說低調呢？」

呂紀說：「這就是了嘛，你根本就不瞭解他究竟是怎麼樣的一個人，你不瞭解他，不

知道他想要什麼，就貿然的想去幫人家，你去幫人家什麼啊？你不覺得這有點愚蠢嗎？」

金達低下了頭，不說話了。

呂紀開導說：「其實這件事情最好的辦法，就是直接問莫克究竟想怎麼安排他的妻子，問清楚了，或者跟他商量出個方案來，然後再來作決定，不就什麼問題都沒有了嗎？也不至於覺得自己被人利用而滿心委屈了。」

金達苦笑了一下，說：「我只是想幫忙，哪裡想得到這麼多？」

呂紀教訓說：「秀才啊，你沒想，可是人家想了，這就是你需要學習的技巧所在了，我不是讓你去動什麼歪腦筋，而是要你知道，在官場上，沒有簡單的事情，越是看上去簡單的事，可能包含的東西越是複雜。要知道害人之心不可有，防人之心不可無啊。」

金達十分委屈地說：「我哪想到幫人忙，還需要防範他來算計我。」

呂紀提醒說：「那你今後就要多想想了。秀才，官場上的人形形色色，什麼樣的人、什麼樣的心思都有，你千萬不要把他們都當成像你一樣的人那麼去看待。」

金達點了點頭，說：「我知道了，呂書記。」

呂紀又諄諄教誨說：「再是，做一個好的領導是需要很多技巧的，尤其是上了一定層級之後，這個時候需要你展現你領導別人的能力，而非你自己埋頭苦幹的能力。就拿這次莫克這件事來說，莫克就展現了不錯的技巧。他初到海川，正需要一個能在海川市民面前

亮相的機會，你主動把機會送給了他，他自然就順勢而爲了，也透過這件事樹立了自己市委書記的權威。

「其次，他在東海政壇還是籍籍無名，很多人都不知道他是何許人，他把安排妻子工作的事弄上省報，知名度一下子就打開了。這就是他手段高超的所在了。反觀你，一個海洋科技園搞得那麼成功，但要不是郭書記提醒你，你根本不知道要去做宣傳，去展現它。你不宣傳不展現，做得再好，別人都不知道又有什麼用啊？」

金達自我反省說：「這件事郭書記批評過我，我這個人確實不善於搞這一套。」

呂紀語重心長地說：「秀才啊，你要明白自己的身分，你是一個市長，而非海洋科技園方面的專家，一個專家只要做好科技園就足夠了，而身爲一個市長，不但要把這個海洋科技園做好，還要把這個項目宣傳出去，讓它發揮最大的社會效益。你要從一個市的全局去考慮問題，你要發揮的是領導作用，而非親力親爲。我的意思你明白嗎？」

金達認真的聽了後，說：「我明白了，呂書記。」

呂紀滿意地說：「你明白就好，回去之後，不要對莫克同志有什麼意見，要好好配合他的工作。之前郭書記已經批評過你，這次我仍然要求你，要從一個領導者的角度去思考問題，要有整體工作的大局觀，知道嗎？」

金達點點頭說：「我知道，我一定吸取那次的教訓，從大局考慮問題。」

呂紀說：「秀才，莫克同志這次的做法雖然不近人情，但是你也別心裏憋屈，相反，你應該高興才對，他這麼講原則，你們海川市政壇的風氣必將爲之一清，你工作起來也會少掉很多的阻力的。」

呂紀這個說法倒是與孫守義的說法有異曲同工之妙，金達笑笑說：「您放心吧，聽您這麼一說，我知道自己該怎麼做了，我保證回去之後，一定一點怨言都沒有的配合好莫克同志的工作。」

呂紀點了點頭，說：「秀才啊，好好努力吧，郭書記和我對你的期望都很高，希望你不要讓我們失望。」

金達受了呂紀這番教訓，馬上就調整好自己的心態，只要在遇到莫克的公開場合，就儘量表現得對莫克很熱情、很恭敬，莫克在會議上提出的建議，他也都會積極回應，表示支持。

金達這麼做，難免讓海川政壇上很多人有點失望，一些有的沒的耳語就在海川開始流傳，輿論呈現出一種兩極化的態勢。

第五章

負面影響

莫克大致猜到會導致這個狀況的原因了，這都是因為他批評金達那件事帶來的負面影響。
經過省報的炒作，他在海川市已經樹立起一個講原則、不徇私的形象，
自然沒有人會傻到上門來找釘子碰的。

自從省報發了那篇採訪之後，莫克這幾天的心一直都不安定，他很擔心金達會採取什麼措施報復他。尤其是金達跑去齊州找呂紀，他害怕金達是去告狀的，因而會接到呂紀打來的訓斥電話。

但是莫克擔心的這一切都沒發生，相反，金達反而變得對他恭敬了起來，呂紀那邊也很安靜，莫克的心慢慢安定了下來。看來這個金達也很孬嘛，明知被耍弄了，也不敢放個屁出來。莫克心中開始得意了起來。

不過也有美中不足的地方，決定好妻子工作的單位之後，莫克的家便搬到了海川，他的妻子朱欣就開始在海川上班了。

本來朱欣以爲她的丈夫做了海川市的一把手，他們家一定是門庭若市，上門來找莫克辦事的人一定絡繹不絕，但令人意外的是，冷冷清清，幾乎很少有人過來找莫克。另一方面，雖然單位的領導對朱欣很客氣，但同事們對她卻有些敬而遠之的意思，並不敢跟她太過親近，弄得朱欣在單位裏很不自在。

朱欣就很不高興了，這與她期望的有著太大的反差，便埋怨莫克說：

「老莫啊，人家是市委書記，你也是市委書記，看人家的市委書記做的，找上門去巴結的有得是，怎麼你這個市委書記做得這麼差勁，不但沒有上門來討好你的，甚至連你老婆在單位裏都不受人待見，海川這地方究竟是怎麼回事啊，這裏的人怎麼這麼怪呢？」

莫克大致猜到會導致這個狀況的原因，都是因爲他批評金達那件事帶來的負面影響。經過省報的炒作，他在海川市已經樹立起一個講原則、不徇私的形象，自然沒有人會傻到上門來找釘子碰的。

原因莫克心知肚明，卻無法跟老婆明說，便瞪了朱欣一眼，說：「女人家懂什麼，做領導的就是要樹立一個廉明的形象，你要那麼多人上門來討好你幹什麼，難道你希望我貪贓枉法嗎？」

朱欣冷笑一聲，說：「老莫啊，你沒本事就老實承認好了，別弄那個窮酸樣子給我看了，我已經看了半輩子，實在看夠了。想說你好不容易熬出頭了，我可以跟你到海川來享享榮華富貴，誰知道還不如我在齊州過得逍遙自在呢，你真是沒用。」

莫克訓斥說：「你這個女人真是的，我做市委書記難道是爲了讓你享福的嗎？你怎麼眼皮子這麼淺呢？我是要做一番事業出來的，可不是要貪圖富貴的。」

朱欣斥道：「狗屁！嫁漢嫁漢，穿衣吃飯，我嫁給你是爲了什麼啊？還不是指望能跟著你吃香喝辣的？我可不想繼續跟你過那種窮酸日子了。以前是你沒做到這個位置，我就算是想要享受也沒辦法；現在你做到了這個位置，明明可以讓我享受的，所以你趕緊給我想辦法改變這個狀態，不然的話，別說我不給你留面子啊。」

莫克急道：「你想幹嘛？」

朱欣哼了聲說：「我想幹嘛？我現在可是市委書記的夫人，我說的話肯定會有人聽的，你不去爭取，我自己來。」

莫克喝斥說：「你敢！」

朱欣瞅了莫克一眼，說：「怎麼了，我有什麼不敢的？誒，老莫，你做了這個市委書記，別的本事沒進步，衝老婆吹鬍子瞪眼的本事可是學會啦?!你可別忘了，你能有今天是靠了誰？要不是我家裏出錢資助你上大學，你能有今天？哼，現在你翅膀硬了，可以衝著我吹鬍子瞪眼了，是嗎？」

朱欣的話，讓莫克神情立即委頓了下來，這是他心底一塊永久的瘡疤。

朱欣說的都是事實，他和朱欣是同一個村子，朱欣的父親是村子的書記，家境富裕，而莫克的父母則是老實的農民，家境艱困。

莫克讀書刻苦，考上了大學，家裏卻拿不出學費來。朱欣的父親聽到之後，就找上門來，說是願意出錢培養莫克上大學，不過有一個條件，那就是將來莫克必須娶她的女兒朱欣爲妻。

對此，莫克和他的父母並不十分抗拒，朱欣雖然長相平平，卻也不是那種拿不出手的女人，而且朱欣的學習成績也不差，對一個窮苦農家的孩子來說，娶這樣一個妻子並不算寒磣，甚至還是求之不得的好事呢，於是莫克就答應了這個條件。

後來朱欣的父親果然出資幫助莫克上了大學，朱欣在其後也考上大學，兩人先後畢業，就順理成章的結了婚。

兩人的婚姻是建立在金錢上，夫妻之間強勢的一方自然是朱欣了，朱欣也把她父親的資助當做對付莫克的武器，每每吵不過莫克的時候，她就會把這件事情抬出來。

莫克在這方面確實是虧欠岳家的，所以朱欣只要一提這件事，他就只好認輸。久而久之，這便成了莫克畏懼朱欣的一個軟肋了。

莫克告饒說：「你別老提這件事好不好？我真是怕了你，我們都結婚這麼多年了，這些陳芝麻爛穀子的事你怎麼還掛在嘴邊啊？」

朱欣盛氣凌人地說：「什麼陳芝麻爛穀子，這是你出身的根本，我提醒你一下，是不想你忘恩負義。」

莫克苦著臉說：「你們家對我的恩德，我這輩子都忘不了的。可是，你也別來害我好不好？你知道我這個市委書記是怎麼來的嗎？」

朱欣不以爲意地說：「什麼怎麼來的，省委任命的唄。」

莫克說：「省委任命也得人家給你機會啊。你不知道，這個市委書記本來是沒我的份的，省委原來想要任命的是現在的海川市市長金達，但是金達老婆插手海川的事，被當時的市委書記張琳告到了省委，金達的市委書記就沒當上，我才有機會做到了這個位置。我

才剛到海川不久，很多人都在盯著我呢，特別是那個金達，他失去市委書記的位置，心裏不知道有多恨我，你現在如果胡作非為的話，到時候被人告到省委，我這個市委書記也就別想坐了，你還什麼市委書記夫人啊，人家不請你去吃牢飯就不錯了。」

朱欣看了莫克一眼，說：「你是嚇唬我的吧？怎麼別人做市委書記都風風光光的，輪到你身上就這麼多事啊？」

莫克無奈地說：「我騙你幹什麼，要不你就試試，看看到底有沒有人出來告你的狀！」

朱欣雖然在莫克面前很兇悍，但終究是個女人，沒經歷過什麼大場面，看莫克說的這麼嚴重，心裏先就怕了三分了，便恨恨地說道：「反正就是我命苦，跟了你這麼個沒用的傢伙，想跟你享點福都不成，真是倒了八輩子的楣了。」

看朱欣一副嫌棄的嘴臉，莫克忍不住心想：自己怎麼跟這麼鄙俗的女人一起生活了這麼多年啊？這女人真是越來越讓人受不了了。

莫克嘆了口氣，說：「朱欣啊，你別這麼貪心好不好？這幾年我雖然沒有大富大貴，可是好歹我也做到了這個位置，有一定的地位了，你作為我的妻子，人家也很尊重你，你也享受了不少好處了。」

朱欣不屑地說：「鬼扯淡，誰尊重我了？也就你手下那幾個小科員見了我會跟我問聲好而已，別的好處我可是一點都沒撈到。你看人家王秘書長的老婆，一身名牌，行走都有

轎車代步，我呢，上班還要去擠公車，你不嫌丟人，我還嫌寒磣呢。」

朱欣說的王秘書長叫王勝，是個八面玲瓏的人物，在省委很是玩得轉，王勝夫妻所過的日子，遠非莫克夫妻所能比的，朱欣羨慕人家，是早就有的事情了。

莫克忍不住責備說：「你這個人就是虛榮，你能跟人家王秘書長比嗎？人家是省委常委，我現在的職位都還比不上人家的。人比人氣死人，更何況我跟人家也沒得比啊。」

朱欣叫說：「什麼我虛榮，是你沒本事罷了，你不能像王秘書長那樣幫家裏謀來好處，就只能說我虛榮了。」

莫克說：「什麼叫我沒本事，有些事情是我不願意去做罷了，我真要去做，王勝那點本事算個屁啊。」

朱欣哼說：「你也就會這麼說說而已。」

莫克搖搖頭說：「你這個女人就是會胡攪蠻纏，我不是跟你說了嘛，現在這個時間點形勢微妙，我們必須小心應對，否則的話，我這個市委書記都坐不穩的。」

朱欣卻不放過，質問說：「那也行，你告訴我，什麼時候形勢就不微妙了？等不微妙了，你再來幫我安排這一切好了。」

莫克看朱欣步步緊逼，非要纏住不放，心中對她更加的厭惡，便說了句：「你真是不可理喻。」

「你說誰不可理喻了?」朱欣火氣直逼上來,瞪著莫克的眼睛,叫道:「你給我說清楚了,誰不可理喻了?」

別看莫克在外面說起大道理來頭頭是道的,但是跟朱欣這種女人爭執,他卻根本就不是對手,看朱欣一副不依不饒的樣子,他心裏就發虛了,便說道:「我不跟你這種不講理的女人吵。」說完,轉身就離開去了書房,

書房是莫克的避風港,每每他跟朱欣鬧了什麼不愉快,他就會把自己一個人關在這裏。朱欣知道他這個習慣,因此並沒有追過來。

莫克坐在書桌前,努力調適著自己的情緒,他的眼神看向了書桌上的一張合影照片,裏面的人是他在江北省時和一群同事拍的。

照片中,方晶就站在這群人的最邊上,沒有人知道,就是因爲方晶在這張照片上,他才把這張照片一直保留至現在。

照片上的方晶笑得天真燦爛,清新脫俗,流露出一種天生麗質的感覺,每次只要看到方晶的這張臉,莫克一身的怨氣就都無影無蹤了。這也就是爲什麼每當莫克受了朱欣的氣,總愛躲進書房的主要原因,因爲只有在這裏,他才能看到他的女神。

莫克初見方晶,就是那次林鈞去方晶學校演講的時候,他是林鈞的隨行人員之一。只是人們的目光都集中在省長林鈞身上,根本就沒有人注意到人群中那個本來就低調、笑容

憨厚的莫克。

在方晶站起來提問的時候，他就被這個對省長絲毫不畏懼的女學生完全吸引住了，他意識到，這個女人才是他一直想要的那種女人，是他的女神。

但是跟在場所有人一樣，方晶的目光一直停留在林鈞的身上，莫克可以感受到方晶看林鈞的眼神中帶有一種熱烈的愛意，根本就沒有想到林鈞的年紀已經那麼大了。

他的心痛苦地揪緊了，他知道自己從來都不是女人青睞的對象，他在像方晶一樣氣質優雅的女孩子面前從來都是很自卑的，他不敢跟她們吐露心聲，怕遭到拒絕和羞辱。於是莫克把自己往角落裏藏得更深了，也更不被人注意了。

當他聽到方晶追出來對林鈞說，要他把她調進省政府時，那一刻，他的心再次受到了重擊，她喜歡林鈞什麼？還不是因爲林鈞是省長，擁有莫大的權力！

莫克的心刺痛起來，他沒有林鈞那麼大的權力，自然也無法用權力誘惑方晶投入他的懷抱。

莫克腦海裏突然閃過一道靈光，有了一個膽大包天的計畫，這個計畫雖然無法做到讓方晶投懷送抱，卻可以讓方晶實現進省政府的願望，也可以把方晶安排在他的身邊工作。這樣，即使他不能擁有她，放在身邊看著，也是一種享受。

於是莫克就去找江北省政府的秘書長，說他看好江北大學一個女學生，想要將這名女

學生調進來，希望秘書長能夠幫忙安排。莫克更在話語中有意無意的提到林鈞對這個方晶也很欣賞。

秘書長那天也跟在林鈞身邊，也看到了林鈞跟方晶之間的互動，以為莫克想要安排方晶進省政府是林鈞授意的，於是就在秘書長自認為心領神會的狀況之下，方晶順利的被調進了省政府，在莫克手下做一個科員。

這段時間，莫克每天都處於一種興奮的狀態中，每次方晶跟他請示工作，總能讓他竊喜一陣子。

當然，這一切莫克不敢在任何人面前提起，甚至在方晶面前也不敢說。於是，省政府之中，除了莫克和林鈞之外，所有的人都認為方晶是林鈞安排進來的。

林鈞對下屬暗自揣摩他的意思，然後幫他做出一些安排來的這種事，早就已經司空見慣了，自然不會大驚小怪，更何況，秘書長這次做的確實令他很滿意。

日子就在這種曖昧不明的狀態下過了一段時間，方晶雖然並沒有對莫克表示什麼好感，但是莫克卻過得很愉快，他並不奢望方晶能像膜拜林鈞一樣膜拜他，不管怎麼樣，方晶總是在他身邊，他就於願足矣。

有了這種寄託，他跟朱欣的婚姻生活也就沒那麼難捱了。

但是快樂總是短暫的，先是方晶移民澳洲，然後林鈞出事，江北省政府變天，一批林

鈞原來重用的人都被打入另冊，莫克在江北的日子變得艱難起來。反正方晶已經不在了，莫克對江北也沒有什麼留戀，就托人活動關係，調到東海省來工作。

到了東海之後，莫克並沒有忘記方晶，他克制住心頭對方晶的想法，把思念深深地埋在心底。

就在莫克以爲這輩子再也不可能見到方晶的時候，方晶卻找上門來，再次跟他聯繫上了。

方晶的重新出現，被莫克視爲是老天爺對他的眷顧，他覺得自己的好運來了。接下來發生的事，果然證實了這一點，他又意外的成爲海川市的市委書記。

在被正式任命爲海川市市委書記的那個晚上，莫克一個人躲在書房裏哭了，他終於熬出頭了。

另一方面，莫克覺得上天在這個時候給他這種安排，是給他機會去接近他的女神。他比林鈞年輕很多，手上又有了權力，這讓他覺得有自信去爭取得到方晶，所以他才會第一時間打電話去跟方晶報告自己的職務變動，並希望方晶能來海川看看。

不過方晶雖然答應說要來海川看看，卻一直沒有成行，這讓莫克有點失落，他很希望方晶能來看看他現在的威風樣。

他更希望能有機會跟方晶合作，一起做點什麼，如果能在海川搞點項目，不但方晶可

以賺取利潤，他也可以跟著分潤一些。

千里為官只為財，雖然莫克表面上裝得很清廉自守，但是內心中，他是十分渴望能夠攫取豐厚財富的。他在政壇打滾這麼多年，深知即使做到再大的官也是靠不住的，上面一紙任命，這個官馬上就不是你的了，能夠靠得住的只有錢；如果能夠跟方晶合作，共謀利益，將來再一起度過餘生，那有多棒啊。

這是莫克的夢想，而要實現它，就必須要靠方晶的配合了，但是方晶始終對莫克表現得並不熱情。莫克心想：我是不是該打個電話過去問一問，問她究竟是怎麼想的？

猶豫了一下，莫克就拿出手機撥了方晶的電話。電話很快接通了。

方晶甜美的聲音出現了：「老領導，找我有事啊？」

莫克剛鼓起的勇氣一下子消散了，一時之間，他竟然不知道該說什麼。

遲疑片刻，莫克想到了湯言，便笑笑說：「是這樣子的，海川前幾天來了一個北京的客商，說是認識你，還是你俱樂部的會員呢。你知道他嗎？」

方晶笑了笑，說：「你說的是湯言，湯少吧？」

莫克說：「對對，他叫湯言，怎麼，他跟你說了海川發生的事嗎？」

方晶心說：他當然跟我提啦，都是你這傢伙勢利眼，要去拍湯言的馬屁，把我的老底都兜給了湯言，才讓他懷疑我的。

方晶心裏暗自怨恨莫克，表面上卻笑笑說：「是啊，他回北京當晚，就來我俱樂部了，說了跟你認識的過程，還說你對他招待得很周到呢。」

莫克高興地說：「這個湯先生是個很好說話的人，他跟我一見如故，還說如果我去北京，可以去找他呢。」

方晶不禁腹誹：湯言什麼時候好說話過了?!他對你態度那麼好，只不過是有求於你罷了，你這個傻瓜還當真呢。

方晶笑笑說：「湯少確實是個不錯的人。」

莫克說：「是啊。誒，方晶啊，你曾經問過我海川重機的事，這個湯言又是來重組海川重機的，你們是不是在合作搞這件事啊？」

莫克這麼問，讓方晶有點左右爲難，現在還不是她向莫克解開底牌的時候，但是不跟莫克說實話吧，將來有什麼事再要去找莫克，話就不好說了。

方晶只好含糊的說：「海川重機的事確實是湯少跟我提起的，所以我才跟你打聽情況，誒，這件事，你沒跟他說吧？」

莫克趕忙說：「當然沒有了，我不知道你們的關係究竟如何，多嘴了的話，我怕壞了你的事。」

方晶說：「沒說是最好了。誒，老領導，你打電話來，就是跟我說這件事的嗎？」

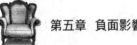

莫克說：「這算是一件，還有一件事，是你答應我要來海川看看的，什麼時間來啊？怎麼一直沒動靜，我可是盼著你來的。」

方晶笑了起來，說：「不好意思啊，老領導，你也知道我是做服務業的，需要人守著，不太好抽身，一時之間我沒辦法馬上去看你。」

莫克聽出方晶有些不太想來的意思，心裏就有些急了，說：「方晶啊，你不能這個樣子啊，你可是答應我要來的。我們這麼久沒見，我很想看看你有沒有什麼變化呢。」

方晶笑說：「我當然變了，在社會上打滾這麼多年，我已經不是剛去江北省政府時那麼年輕單純了，老了很多啊。」

莫克說：「別胡說，你年紀輕輕怎麼會老呢？」

方晶笑笑說：「你看到我，可能就不會這麼說了。」

莫克說：「那你就來海川讓我看一下好啦，看看是不是真的老了。」

方晶應付說：「我是想去看你，不過真的抽不開身，要不，你上來北京玩好了，我和湯少都可以好好招待你的。」

莫克也很想去北京瞧瞧，但是他新接任市委書記，還有很多事情纏身，也無法離開，未免有些遺憾的說：「我也分不開身的。」

方晶笑了笑說：「那就沒辦法了，反正時間有的是，等過段時間，等大家都有空了再

說吧。」

莫克心中雖有萬般不願，卻也無法，只好笑笑說：「那也只好這樣啦。」

方晶就跟莫克說了聲再見，掛了電話。

這時馬睿從浴室走了出來，他今晚準備在方晶這裏過夜。

馬睿看方晶收起手機，便問：「跟誰打電話說這麼長時間啊？」

方晶回說：「還能有誰啊，莫克唄。」

馬睿詫異地說：「莫克？他找你幹嘛？」

方晶說：「他想讓我去海川看看，我跟他說沒時間，回絕他了。」

馬睿笑說：「怎麼，我看你的樣子，好像是對他很厭煩啊？」

方晶抱怨說：「是啊，我是有點煩他，前幾天湯言去了趟海川，莫克這傢伙知道湯言的父親是誰之後，就去討好湯言，結果把我和他的關係都告訴了湯言，搞得湯言以爲我想背著他幹什麼呢，回北京當天就跑來俱樂部興師問罪。」

馬睿看了看方晶，說：「你沒把你跟莫克的關係告訴湯言啊？」

「沒有，我想說給自己留個後手，將來有什麼事好有個殺手鐧。現在可好，湯言知道我跟莫克的關係後，就對莫克特別好，害得莫克以爲有了靠山，拼命地往湯言身上貼，不用說，將來有什麼事，他一定會幫湯言而不幫我了。這個勢利小人，湯言給他一口好氣，

他就不知道自己姓什麼了。」方晶氣呼呼地說。

馬睿笑說：「這個你可冤枉莫克了，莫克並不知道你跟湯言之間的合作，他討好湯言，不過是下層官員的習慣動作而已，誰不想巴結一個強大的靠山啊？但是如果你跟湯言發生什麼衝突的話，很難說他就一定會幫湯言而不幫你了。」

方晶不以爲然地說：「人家都已經那麼巴結湯言了，他又怎麼能不幫湯言而幫我呢，我一個小女子能讓他得到什麼啊？」

馬睿說：「你可不要小看自己的力量，小女子怎麼了，小女子的一顰一笑也是可以傾城傾國的，西施、妲己不都是小女子嗎？她們可都是蠱惑住男人，然後滅亡了一個國家的。」

方晶笑了，說：「我可沒那種本事。」

馬睿說：「你對別人我不敢說，但是對莫克，你是絕對有這種本事的。」

方晶質疑地說：「胡說，我跟他一直沒什麼接觸，我可不覺得自己對他有那麼大的影響力。」

馬睿搖搖頭說：「你是當局者迷，難道你從來都沒注意到，莫克看你的眼神有些異樣嗎？」

方晶愣了一下，說：「有嗎？我怎麼從來都沒注意到？」

馬睿笑笑說：「你那時的眼神都在林鈞省長身上，又怎麼會注意到角落裏那個不起眼的莫克呢？」

方晶臉冷了一下，她不喜歡有人拿別的男人跟林鈞相比，在她心目中，沒有人可以比得上林鈞，便說：「真是的，莫克怎麼能跟林鈞相提並論呢。」

馬睿卻說：「莫克是跟林鈞沒什麼可比性，但這並不妨礙他暗戀你啊，有幾次我注意到他看你的眼神很怪異，裏面的情緒十分複雜，是那種既迷戀你，又自卑不敢追求你的樣子。」

方晶被說得打了個冷顫，渾身雞皮疙瘩都起來了，她從來沒想過莫克對她有那種心思，她並不喜歡莫克這個人，相比起林鈞的飛揚帥氣，莫克的低調讓人很不舒服，那樣的男人沒有一點男子氣概，甚至讓她覺得有些猥瑣。

想到這樣一個幾乎是隱形的人時時在背後用複雜的眼神窺視著她，她有不寒而慄的感覺。

方晶使勁的搖搖頭，想要把莫克的形象從腦海裏擠出去，說：「好了，我們別說他了，反正我是不想再跟他打交道了。不早了，我們睡吧。」

第二天早上馬睿離開時，還不忘提醒方晶說：「莫克那邊你最好還是維持一個比較好的關係，我知道你這個人心很大，像湯言這種重組案並不能經常遇到，你要想做大，在這

方面，莫克能夠幫助你很多的。」

方晶卻搖搖頭說：「我還是寧願不去跟他有什麼接觸比較好。」

馬睿不禁說道：「你這人就是怪，平常我看你應酬俱樂部的客人也都應付得很好，怎麼對莫克你就這麼反感啊？」

方晶笑說：「應酬客人那是生意，那些客人不會對我有什麼企圖。莫克就不同了，我雖然不是什麼貞潔烈女，但也不是隨便什麼樣的男人都可以接近的。」

馬睿聳了聳肩，說：「那就隨你啦。」

齊州，孟副省長辦公室。

孟副省長正在辦公室裏批閱公文，他今天的心情看上去還不錯，看公文時還哼起了流行歌曲。

孟副省長這麼高興是有原因的，昨天他出席活動的時候，東海電視臺派了一個女主持人劉瑤來貼身採訪他。這個劉瑤剛從學校畢業，才分來東海電視臺不久，新面孔，孟副省長一看就眼睛亮了。

劉瑤不愧是新時代的大學生，打扮時髦，微低的領口恰到好處的露出了白皙的乳溝，讓孟副省長的眼睛恨不得能鑽進去看個仔細。

孟副省長就沒話找話的問了劉瑤不少的問題，劉瑤也算乖巧，每個問題都很認真的回答，還不時朝著孟副省長甜甜地笑笑，讓孟副省長的魂都幾乎被笑掉了。

一定要想辦法把這個劉瑤弄來玩一玩，孟副省長心裏癢癢的，就想找個時間跟東海電視臺的臺長說說，讓他多安排劉瑤做他的採訪報導，這樣他就有機會下手了。

孟副省長正在想著如何把美女弄到手呢，桌上的電話響了，一看是北京朋友的電話，不敢怠慢，一把抓起來，穩定了一下情緒，然後說道：

「是不是省長的事有消息了？」

孟副省長最近一直在等北京這個朋友的電話，就是因爲這個朋友在幫他活動爭取東海省省長的任命，因此他一開口就問道省長的事是不是有消息了。

朋友嘆了口氣，說：「老孟啊，是有消息了，不過不是好消息，中央已經決定由嶺南省的副書記鄧子峰到東海來任省長了。」

「什麼？讓鄧子峰來任省長？」孟副省長驚叫了一聲：「這怎麼可能？」

朋友知道孟副省長謀取東海省長的位置很久了，一下子很難接受這個結果，便勸慰說：「老孟啊，你最好能理智一點，這是中央的決定，你必須要接受。」

孟副省長激動地說：「我接受什麼啊，我這麼多年辛苦在東海經營，還不就是爲了能成爲東海省的省長，現在突然蹦出一個鄧子峰把桃子摘走了，你讓我怎麼能夠接受啊？」

朋友看孟副省長這個樣子，也有點惱火了，說：

「老孟，你別這麼衝動好不好？你不接受又能怎麼樣啊？現在這件事已經定案了，這幾天就會公布的，你最好能調適一下自己的心情，接受這個事實，別鬧得大家都下不來台。」

孟副省長想想也是，自己不接受又能怎麼樣呢？難道自己還能跟中央對著幹嗎？那除非是不要命了，便苦笑了一下，說：「對不起，我一時情緒控制不了。我知道，就算我不能接受也得接受。謝謝你了，幫我費了這麼多心。」

「我們之間無須客氣了。誒，老孟啊，新省長去了東海後，肯定是要建立自己威信的，這段時間你最好謹慎一些，不要做什麼出格的事，小心給人家留下整你的口實。中央肯定也會注意你的一舉一動的，別到時候讓我們這幫朋友不好說話。」

朋友又苦口婆心地說。

孟副省長苦笑著說：「行，我裝孫子就是了。」

朋友掛了電話，孟副省長抓起桌上的茶杯就想摔掉，拿起來之後卻又放了下來，他知道鄧子峰被任命爲東海省省長的消息肯定馬上就要公布了，自己這時候在辦公室裏摔杯子，傳出去，一定會被東海政壇上的人當做笑柄的。

這個時候輸人不輸陣，硬撐也是要撐著，起碼表面上不要讓人看出來他孟某人輸不起。

杯子放下來後，孟副省長的心情並不能平靜下來，此刻，他不再想什麼劉瑤了，滿腦子都是鄧子峰，公文也批不下去了，他站了起來，在辦公室裏煩躁的走來走去。

他想要趕緊把胸中的悶氣給發洩出去，如果再不發洩一下，他會發瘋的。

這時候，他想到了孟森，此刻，也只有孟森有辦法能讓他平靜下來，他抓起電話打給孟森。

孟森一接通，孟副省長就問道：「你那兒有沒有來新的貨色啊？」

孟森愣了一下，雖然孟副省長來他這裏玩過很多次，但是還是第一次這麼直接的就問來沒來新貨色，看來這次孟副省長是煩躁的不輕啊。

孟副省長喜歡玩的是那種從來沒經歷過男人的女人，這種女人可不是隨手一抓就能抓到的。而且又跟他上次來玩的時間間隔的很短，一時之間，孟森手頭還真是沒有現成的貨色，便問道：「您是準備馬上就過來嗎？」

孟副省長聽孟森話說得含含糊糊，便沒好氣的說：「是啊，我不是準備馬上就過去，我又問你幹什麼？」

孟森語帶歉意地說：「不好意思啊，我手頭現在還真是沒有您想要的。」

孟副省長一聽就火了，說：「孟森，你什麼意思啊，我現在還是副省長呢，你就這樣拿我不當回事了？你可不要狗眼看人低，信不信我馬上就能整死你啊？」

孟森急忙解釋說：「孟副省長，您聽我說，我哪敢不拿您當回事啊？您要的那種貨色並不是隨時都能有的，要不您給我幾天時間，我想辦法給您弄兩個來？」

孟副省長惱怒地說：「不行，我現在一刻都不想等。」

孟森苦笑地說：「孟副省長，您真是難爲我了，您就等兩天，我保證弄來讓您滿意的貨色，行嗎？」

孟副省長也明白自己可能太心急了些，便嘆了口氣說：「小孟啊，你不知道我現在的心情，我現在是一肚子火無處發洩啊，你就想想辦法吧，我確實無法忍受下去了。」

孟森陪笑地說：「實在不行，我給您安排個技術好的伺候您，跟您說，這個絕對不比之前的差，絕對能讓您得到最高的享受。」

孟副省長此刻也無可奈何了，便說道：「也行，你安排好就來省裏接我吧。」

孟森這才鬆了口氣，說：「行，我馬上就過去。」

四個小時後，孟森就來省城接了孟副省長。見孟副省長臉色黑得嚇人，孟森知道一定是發生什麼讓孟副省長不開心的事了，他也不敢問，只專心開著車往海川趕。

一路上兩人都沒說什麼話，直到快到海川了，孟副省長才說：「小孟啊，你有沒有準備上次那個東西啊？」

孟森知道孟副省長指的是上次他來玩的時候，給小姐服用的K粉，上一次孟副省長就

因爲K粉玩得十分盡興，這東西對孟森來說倒是隨手可得的，便說道：「已經準備了。」

孟副省長說：「那到時候別忘了給小姐用上。」

孟森立即說：「行行，我會安排的。」

兩人再次來到上次孟副省長來過的那個地方，小姐早就在包廂裏等候著，孟森讓孟副省長先過了目，孟副省長看看小姐的模樣倒還可愛，便點了點頭，表示滿意。

孟森吩咐小姐一定要伺候好這個貴客，又塞了包K粉在小姐手裏，就退出了包廂。

這個小姐是熟通這一行的老手，K粉這種助興的毒品用過不少次，所以孟森才會放心的交給小姐自己去服用。

小姐就倒了一杯酒，把K粉放了進去，一口喝了。

此刻孟副省長想的都是他的省長寶座得不到了，滿心的煩躁，也沒心情跟小姐玩什麼溫柔了，一把把小姐抓過來，扒下衣服，便折騰了起來。

這個小姐也確實像孟森所說的那樣，技術高超，她用盡各種花樣去取悅孟副省長，再加上K粉的作用，行爲達到了一種癲狂的狀態，孟副省長一身的煩躁和氣力都被小姐消耗殆盡，最後徹底的癱軟在床上，疲憊的跟小姐相擁著睡了過去。

半夜時分，孟副省長被小姐壓在他身上的胳膊給硌醒了過來，就推了一把小姐的身子，想把她推開。

推了一下沒推動，他突然發現小姐的身子十分僵硬，嚇得他一下子坐了起來。

孟副省長鎮定了一下，去鼻子那裏試了試，小姐竟然沒有了呼吸，人已經死了。

孟副省長還是第一次離一個死人這麼近，嚇得渾身篩糠一樣的發抖，他想站起來，卻怎麼也動不了，只好使盡渾身的力氣往外挪了挪自己的屁股，儘量離死掉的小姐遠一點。

發了一陣抖之後，孟副省長多少鎮定了些，腦袋開始恢復了一點思維，他明白自己絕對不能坐在這裏等著被人發現，應該趕緊想辦法善後。

想來想去，也想不出什麼好主意來，只有趕緊通知孟森來處理了。孟副省長哆嗦的找到了自己的手機，撥了孟森的號碼。

由於是深夜，孟森可能已經睡得很熟，好長時間都沒有人接。

終於，孟森被吵醒了，接通電話，就罵了句：「誰啊，這麼晚讓不讓人睡覺了？」

孟副省長顫抖的說：「小孟啊，你趕緊過來，出事了。」

孟森聽孟副省長的聲音都不是人聲了，嚇了一跳，問說：「孟副省長，出了什麼事了？」

孟副省長說：「你先別問，趕緊過來，一個人來啊，不要帶別人。」

孟森聽情形知道問題很嚴重，趕忙說：「行，我馬上就過去。」

幾分鐘之後，孟森就出現在包廂外面，孟副省長給他開了門，左顧右盼地看了看孟

森，說：「別人不知道你來吧？」

孟森說：「不知道，出什麼事啦？」

孟副省長把孟森拉進來，關上門，然後才說：「小孟啊，你給我安排的這是什麼人啊？她死了。」

「死了?!」孟森大吃一驚，趕忙過去床邊看了看，又試了試小姐的呼吸，小姐確實已經香消玉殞了。

孟森見過不少打打殺殺的場面，對死人倒沒有什麼畏懼，見狀便罵了句：「這個臭女人，一定是用藥過量了。」

孟副省長害怕地說：「小孟啊，你先別去管她了，你說我怎麼辦？」

孟森回過頭，輕鬆地說：「您不用擔心，這種事情我能處理的，沒事的。」

看孟森這麼輕描淡寫，孟副省長有點不相信，便說道：「小孟啊，這可是一條人命，你能處理得了？」

孟森笑說：「行，您就放心吧，保您沒事。時間不早了，你趕緊收拾一下，我送你回齊州。」

孟副省長用半信半疑的眼神看看孟森，說：「真的沒事？」

孟森拍了拍孟副省長的肩膀，說：「您放心好了，一點事都沒有，您趕緊收拾吧，我

們馬上就出發。」

孟副省長懸著的心這才放下了一些，他穿好衣服，跟著孟森出了包廂，孟森把包廂的門鎖上，兩人便直奔齊州。

第六章

炒作戲碼

這幾天莫克一直在思考這個問題，但是都被他否定了。
這時候他才發現炒作妻子的戲碼把自己抬到了一個過高的層次，
上到這個層次之後，他似乎很多事情都不能做了，
否則就證明他前面所做的不過是演戲而已。

一路上，孟副省長都蜷縮在後座上瑟瑟發抖，不時還會往車外看看，似乎擔心後面有什麼人追他。

等平安抵達齊州後，孟副省長看到了自己的地盤，心裏多少有了些膽氣，下車的時候，再三交代孟森說：「小孟，這件事你一定要處理好啊，千萬別留下任何尾巴。」

孟森看孟副省長又開始指手畫腳了，心裏暗自好笑，便說：「您放心吧，我保證不會讓任何事牽連到您的。」

孟副省長點點頭，又提醒說：「還有啊，不要跟任何人說我昨晚到過海川。」

孟森說：「昨晚您去過海川嗎？沒有啊。」

孟副省長這才笑笑說：「那就好，行了，你趕緊回去處理善後吧。」

孟森不再廢話了，還有一個死掉的小姐在他的夜總會裏，這可是一顆炸彈，不排除的話，隨時可能將他炸得粉身碎骨的，便調轉車頭，飛速的往海川趕。

趕回海川時，已臨近中午，他打開包廂，小姐的屍體還靜靜的躺在那裏，似乎什麼事情也沒發生一樣。

孟森坐在那裏思考著，這件事該怎麼處理才好呢？最好是弄成一起簡單的小姐自己吸毒猝死的案子，不要牽涉到旁人。

這件事還不能直接報案，那樣子的話，公安部門肯定要驗屍，一驗屍，就會發現小姐

死亡前和男人發生過性行爲，如果順著這條線索查下去。很可能就會發現孟副省長留下的痕跡，那這件事的真相就整個暴露了。

如果不直接報案，最好是先讓醫院來處理。那這裏面有兩個關卡要過，第一道關卡是醫院，小姐發生意外，醫生必須搶救，可是醫生如何搶救一個已經死得僵硬的屍體呢？那就要找醫院的關係了。

找了醫院的關係，就可以想辦法讓醫院出具死亡證明，有了醫院的死亡證明，就面臨另一道關卡，就是公安方面的確認。

由於小姐是非正常死亡，不經過公安部門的確認，屍體是無法火化的，這就等於是保留了孟副省長的罪證，因此屍體絕對不能留，必須儘快想辦法火化掉。

想清楚這些關係，孟森明白自己該做什麼了，他先幫小姐穿上衣物，然後打電話給濱港醫院的院長蓋甫。

他跟蓋甫的關係相當鐵，他手下小姐的身體檢查和兄弟跟人打架時被砍傷，都是在濱港醫院處理的，每年蓋甫也從孟森這邊得到不少的好處，現在是用到蓋甫的時候了。

孟森再次鎖上了包廂的門，回到他在夜總會的辦公室，打開保險櫃，從裏面拿出了十萬塊現金，找了個袋子裝起來，然後才打電話給蓋甫。

蓋甫接了電話，說：「孟董，找我有什麼事啊？」

孟森說：「我在夜總會，你過來一下，我有事需要你幫忙。」

蓋甫很高興，對他來說，孟森是他的老主顧了，只要孟森說要他去幫忙，那就意味著一筆意外的收入在等著他了。

濱港醫院是家小醫院，平常沒什麼油水，此刻孟森找上門來，他自然要馬上服務到位啦，便說：「行行，我馬上去。」

十幾分鐘過後，蓋甫就出現在孟森的面前，殷勤地問孟森：「孟董，說吧，你想讓我幹什麼？」

孟森看了一眼蓋甫，慎重地說：「老蓋，這次的事情有點麻煩，我可以相信你嗎？」

蓋甫笑說：「孟董啊，你這話說的就不實在了，我們都這麼多年交情了，我信不信得過，你還不清楚嗎？」

孟森面色嚴肅地說：「不是我信不過你，主要是這次的事情太過棘手，也許你不太願意幫我這個忙的。」

蓋甫立即說：「你這是哪裡話，您的忙我一定願意幫。」

孟森滿意地說：「夠意思，這是這次的費用，你先拿著。」

孟森說著，就把準備好的十萬塊放到蓋甫面前，蓋甫眼睛頓時放光，伸手把錢拿了過去，殷勤地說：「我先謝謝了，什麼事啊，孟董？」

孟森看蓋甫收下了錢，心說：這傢伙果然是個貪財鬼，也不問是什麼事，就先把錢收了。行，我不怕你收錢，就怕你接不下這件事來。

孟森便笑笑說：「是這樣的，老蓋，有個小姐昨晚自己吸毒過量，今天上午被發現死了，我需要你幫我處理一下。」

蓋甫臉上的笑容僵住了，說：「孟董啊，這種事可是要報案的。」

孟森說：「老蓋，如果我能報案，還需要找你幹什麼？你也不是不知道我最近的情況，這個夜總會還在停業階段，這種事我哪敢驚動警方啊？你先幫我處理一下，給那個小姐弄份死亡證明出來。」

蓋甫苦笑了一下，說：「可是這種非正常死亡的情形，最終還是需要經過警方的。」

孟森瞪了一眼蓋甫，說：「老蓋，我是想經過醫院處理後，警方就不會太過注意這件事。警方那邊的關係我也會處理的。」

蓋甫猶豫地說：「可是……」

孟森有點火了，他覺得蓋甫推三阻四，是不願意幫這個忙，便不高興的說：「你是不是怕了？你怕的話，把錢退給我，我再找別人。」

蓋甫卻捨不得將錢退給孟森，便笑笑說：「孟董誤會我的意思了，這件事情我一個人辦不了，還需要別人配合，這個錢嘛，恐怕就……」

孟森忍不住罵了蓋甫一句：「媽的，你嫌錢少早說啊，囉裏囉嗦這麼半天！說，你想要多少？」

蓋甫算了算說：「我這邊是夠了，但是跟我配合的人最少需要五萬。」

孟森爽快地說：「行，五萬我給你，不過，這件事你需要給我安排得好一點啊。」

蓋甫拍拍胸脯說：「沒問題。」

孟森從保險櫃裏又拿了五萬扔給蓋甫，這種竹槓他是願意被敲的，像蓋甫這種人，圍在他身邊只是為了錢，他如果表現的太仗義了，孟森反而會懷疑的。這個時候多付一點錢，辦事的人心裏也愉快，才能把事情給辦好。

蓋甫趕忙把錢收好了，說：「人在哪裡，我先看一下。」

孟森就領蓋甫去那間包廂，蓋甫察看了一下，確信並無外傷，這才打電話，讓醫院派救護車和醫生過來。

救護車很快就來了，蓋甫先出去跟醫生嘀咕了半天，然後他們才一起進來，裝模作樣的診斷了一下，然後將屍體拉走了。

救護車開走之後，蓋甫轉過頭來對孟森說：「你趕緊安排找人吧，這件事肯定是要經過城區分局的。」

孟森說：「你們做好你們的病歷就行了，城區分局這邊，我來安排好了。」

蓋甫說：「那我先回去忙了。」

送走了蓋甫，孟森就撥了一個電話號碼。這個號碼，他輕易是不會撥打的，現在因爲情況嚴重，他必須確保萬無一失，因此不得不動用這個潛伏很久的關係。

電話接通了，對方問道：「什麼事啊？」

孟森說：「我這邊出了一個很嚴重的事，需要你幫我協調一下。」

對方說：「協調什麼？」

孟森說：「夜總會死了一個小姐，吸毒過量致死的，我不想讓城區分局進行驗屍，你看有沒有辦法幫我安排一下？」

對方便問：「現在屍體在哪裡？」

孟森說：「在濱港醫院，他們會出具病歷和死亡證明。」

對方想了想說：「這件事恐怕要驚動城區分局刑警大隊了，你去找他們的大隊長陸離，他是我一手拉拔起來的，他會幫你安排的。」

孟森不放心地說：「我就這麼去嗎？」

對方說：「我會跟陸離先打個招呼，不過，你也帶點錢過去吧，我只能幫你們搭個線，有些話還需要你自己跟他說的。」

孟森說：「我明白。」

對方又說：「那我給你陸離的電話，一會兒你自己跟他聯繫。」

孟森就記下陸離的電話號碼，等了一會兒之後，估計這個關係人已經打電話給陸離了，這才把電話打到陸離那裏去。

陸離接了電話。

「哪位？」

孟森客氣地說：「你好，陸大隊長，我是興孟集團的孟森啊，我朋友讓我打電話跟你聯繫。」

陸離笑了笑說：「是孟董啊，老領導跟我說你有事需要我幫忙，什麼事啊？」

孟森說：「電話裏說不方便，陸大隊長，我想跟你見個面，你看什麼時間可以啊？」

陸離聽了，說：「要不你來我辦公室吧。」

孟森不想去城區分局刑警隊，他現在正是被人緊盯的時候，去城區分局刑警隊太扎眼了。他便笑笑說：「陸大隊長，這不好吧，你也知道興孟集團最近事情比較多，我去那裏，怕會給你造成不好的影響。」

陸離想想也是，便說道：「要不這樣吧，去新月茶樓喝茶吧。」

新月茶樓是海川一家很有名的茶館，孟森便說：「行，我們一會兒見。」

孟森就又開了保險箱，這次他直接拿了二十萬出來。要想趕緊處理掉小姐的屍體，陸

離是一個十分關鍵的人物，這可比蓋甫重要得多，再加上他跟陸離沒有什麼交情，也需要多一點錢打動對方。

孟森帶著錢去了新月茶樓，這裏可能是陸離常來的一個據點，孟森報出陸離的名字後，小姐就把他帶到了一個雅間，陸離已經等在那裏了。

兩人在海川都不是籍籍無名之輩，雖然沒打過交道，可是彼此都知道對方是誰。陸離看到孟森來了，便熱情地站起來，跟孟森握了握手，說：「請坐，請坐。」

孟森一坐下來，便開門見山地說：「陸大隊長，夜總會出了點事，希望你能幫我一個忙。」

陸離有些訝異地說：「夜總會不是停業了嗎，能出什麼事啊？」

孟森笑笑說：「陸大隊長對我的情況很了解啊，是啊，夜總會是停業了，不過還有一些員工留守在那裏。昨晚有一個女員工偷著吸食毒品，結果過量，發現時已經搶救不過來了。你也知道夜總會現在的狀況，這時候再出這種事情，鬧大的話，局面就更無法收拾了。陸大隊長，幫幫忙遮掩一下吧。」

陸離爲難地看了孟森一眼，說：「人死了，你要我怎麼遮掩啊？」

孟森說：「我希望你們刑警隊不要把事態再擴大，讓死者可以儘快火化。」

陸離猶豫著說：「這個……」

孟森把錢推到了陸離面前，笑笑說：「我相信陸大隊長一定會有辦法幫我解決這件事情的。」

陸離目測了一下錢的厚度，猜測大概是二十萬的樣子，這讓他很滿意，便說：「既然孟董是老領導介紹來的，你的忙我自然是要幫的。屍體在哪裡？」

孟森說：「在濱港醫院，我會安排他們去你們刑警隊報案的。」

陸離說：「既然這樣，你就儘快安排吧。」

於是濱港醫院出具了死亡證明，城區分局刑警隊進行了簡單的調查，確認死者是吸毒過量死亡，並無其他致死原因，准許死者家屬可以火化屍體。

孟森忙活了大半天，等的就是這句「死者家屬可以火化屍體」，有了這個許可，孟森二話不說，根本就沒通知家屬，直接把屍體拉到了火葬場，假扮死者的家屬，直接將遺體送進了火化爐。

一陣青煙升起，小姐很快就化成一堆骨灰，看著小小一堆骨灰，孟森不知怎麼了，突然有幾分傷感，一個大活人就這麼沒了，做人也太沒意思了吧？

孟森嘆了口氣，吩咐手下人買了個一千多塊的骨灰罈，心說：我買了這麼貴的骨灰罈給你，也算對得起你了，你做鬼可別來找我。

孟森把骨灰放進骨灰罈，同時把小姐的一些隨身物品放到了骨灰罈內，其中有小姐押在夜總會的身分證，這時他才注意到她的名字叫做褚音。

處理完這一切，孟森回到夜總會，再去看那間包廂，頓時有一種陰森的感覺，孟森心裏就有點悶得慌，看來這間包廂是不能留了。孟森決定明天就找人來把包廂拆掉，徹底消滅一切痕跡。

這時，孟森的手機響了，看看是孟副省長的號碼，便接通了。

孟副省長的聲音傳了出來，他倒還很鎮靜，說：「小孟啊，那件事你善後處理的怎麼樣了？」

孟森說：「都處理好了，我剛從火葬場回來，屍體已經火化了。」

孟副省長暗自鬆了口氣，他的鎮靜實際上是裝出來的，這一天他都像熱鍋上的螞蟻，生怕海川的事情暴露。現在孟森跟他說屍體已經火化了，這等於說能指證他的證據完全被毀滅了，他可以沒事了。

孟副省長的語氣就放鬆了下來，說：「小孟啊，你沒讓我失望，這件事情你處理的很好，我會記住你今天的辛苦的。」

孟森笑笑說：「爲您做事，我向來都是儘量做到最好的。」

孟副省長滿意地說：「你做事我向來放心。」

海川市委，市委書記辦公室，莫克坐在辦公桌後面正無聊的看著公文。

看了一會兒之後，莫克感覺有點無聊，就站起來走到窗邊，看向窗外，視線所及是海川市一些政府機構的辦公大樓。

按說這些都是他所統轄的範圍，可是莫克心裏並沒有感受到一統天下的威風。到任以來，除了必要的工作請示之外，並沒有任何人主動來向他表示親近，大家對他都是尊敬卻不敢親近的樣子，甚至連副書記于捷對他也是一副不冷不熱的樣子。

他不明白這是因爲他們畏懼市委書記的威嚴，還是因爲他炒作那段安排妻子戲碼所帶來的副作用。但是他明白一點的是，這種局面不能再持續下去，這樣下去的話，他這個市委書記將會被完全孤立，那他的工作勢必很難開展。

另一方面，莫克對他在海川要如何開展工作心中也沒有數。他從來沒做過一把手，別看他講起理論來一套一套的，真要務實起來，他還真不知道該從哪裡下手。

莫克知道自己必須趕緊有個開始，而且不能等太久，海川市民已經從報紙上看到他的閃亮登場，肯定都在等著看他下一步的動作，他必須要對海川市的政務做點什麼。

可是做點什麼呢？這幾天莫克一直在思考這個問題，也想過幾個方案，但是都被他否定了。

這時候他才發現炒作妻子的戲碼把自己抬到了一個過高的層次，上到這個層次之後，他似乎很多事情都不能做了，否則就證明他前面所做的不過是演戲而已。

這到底要怎麼辦呢？莫克一時想不出什麼好主意，他估計此刻金達那些人一定在背後等著看他的笑話呢，心中不免就有些鬱悶。

想了半天，莫克仍是毫無頭緒，莫克回到辦公桌前，抓起電話，打給自己的秘書喬立，讓他進來自己的辦公室。

喬立馬上就進來了，這是一個二十七歲的年輕人，原本在市委辦公廳做文書工作，莫克來了之後，市委就抽調過來給他做秘書。莫克看喬立長相不錯，話也不多，做事很會看眼色，倒是一個很好的秘書料子，就用了他。

喬立用詢問的眼神看了看莫克，問說：「莫書記，您找我有什麼事？」

莫克說：「小喬啊，你安排一下，我想出去做一下調研。」

喬立立刻說：「行，我馬上去安排，您準備去哪個單位做調研？」

莫克問道：「你問我去哪裡調研幹什麼？」

喬立說：「您確定了地方，我好通知他們做好準備，到時候好向您做彙報啊。」

莫克說：「以前的領導下去調研，都是事先通知下面的嗎？」

喬立回說：「是啊，都是要通知的。」

莫克質問說：「都事先通知了，豈不是看不到真實狀況了？」
喬立笑笑說：「這倒好像是，不過，以前都是這麼做的。」
莫克有些不高興了，說：「以前是以前，難道這規矩就不能改了？」
喬立尷尬的笑了笑，沒言語。
莫克下令說：「行了，不要通知了，你去安排車子，我們馬上出發。」
喬立說：「那我們去哪裡？」
莫克心中也沒明確的去向，又不想跟喬立說他也不知道去哪兒，便說：「別管我去哪裡，先安排車子。」
莫克上車後，先讓司機開出市區，開了一段時間，莫克心中有了主意，他想到自己在看海川市況介紹的時候，看到海川市下屬的雲山縣是個很貧困偏遠的地方，通常貧困偏遠地區，政風都會比較鬆散，既然自己要在政風方面開第一槍，那就從這方面入手好了。
莫克就讓司機去雲山縣，喬立本想問一下要不要通知雲山縣，看莫克沉著臉，最終沒敢問出來。
雲山縣離海川城區很遠，車子開了很久才到雲山縣委。
在縣委大門外，莫克吩咐喬立，說：
「你撥個電話給雲山縣縣委書記孫濤，問他在哪兒？」

孫濤接了電話：「你好，喬秘書，找我有什麼事啊？」

喬立問：「孫書記，你現在在哪裡？」

孫濤沒想到喬立就在雲山縣縣委大門外，就笑笑說：「我還能在哪裡啊，在雲山縣委啊，什麼事啊？」

喬立便說：「那好，莫書記來雲山縣調研，現在人就在雲山縣委大門外，你出來接一下吧。」

孫濤笑了起來，不相信地說：「喬秘書啊，你真會開玩笑，莫書記在雲山縣委大門外，你逗我的吧？」

喬立嚴肅地說：「孫書記，我沒跟你開玩笑，你可以從窗子往外看看，看看停在縣委門前的是不是莫書記的車。」

孫濤愣住了，說：「莫書記真的下來調研？怎麼市裏面也不事先通知一聲啊？」

喬立說：「莫書記不讓通知的，你趕緊出來吧。」

孫濤苦笑了一下，說：「我出去什麼，我不在縣委啊。」

這下換成喬立愣住了，說：「你不在縣委，那怎麼跟我說在啊？」

這時，一旁聽著的莫克把手機拿了過去，說：「孫濤，我是莫克，你不在縣委，那在哪裡啊？」

孫濤嚇得支支吾吾地說：「莫書記啊，我在縣裏別的地方辦事，我不知道您會來，所以……」

莫克聽孫濤話說的含糊，很懷疑孫濤說他在縣裏別的地方辦事也不是真的，便說道：「那你告訴我你在哪裡，我過去找你。」

孫濤爲難地說：「還是不要了吧，莫書記？」

莫克聲音嚴厲了起來，說：「你到底在哪裡？」

孫濤看瞞不過去了，只好說道：「不好意思，莫書記，我不在雲山縣境內，我在外地看一個項目呢。」

莫克說：「看什麼項目不能光明正大的講？爲什麼要撒謊說你在雲山縣境內呢，你離開雲山縣跟誰講了？你給我說實話，你究竟是出去幹什麼了？」

孫濤硬著頭皮說：「我有點私事要處理，看縣委沒什麼事，就出來了。」

莫克火大地說：「工作時間你擅離工作崗位，一旦雲山縣發生什麼突發事件，誰來處理啊？你這簡直是不負責任。你等著接受市委的處分吧。」

孫濤還想解釋什麼，莫克卻掛上了手機，對喬立說：「我們回去。」直接讓司機掉頭回去。

孫濤在那邊慌了神了，莫克做事嚴厲、不講情面的名聲已經在海川傳開了，他連市長

金達都敢批評，更別說他這個小小的縣委書記了。

孫濤想了想，自己跟市委副書記于捷關係不錯，于捷對他也很照顧，這個時候找于捷出面幫他說情，也許莫克就不會處理他了。

孫濤就趕緊打電話給于捷，跟于捷講剛才發生的事，然後說：

「于副書記啊，這件事只有您能幫我了，您幫我跟莫書記說說情，我是因爲私事離開雲山縣，是我不對，我也不該跟莫書記撒謊，我願意做檢討，希望莫書記不要追究了。」

于捷不禁埋怨說：「孫濤啊，你這個人怎麼這麼不小心，莫書記什麼作風你又不是不知道，你這個時候撞上槍口來，不是等著挨批嗎？」

孫濤說：「我哪知道莫書記會突然跑來雲山縣調研啊，我這不是大意了嗎？平常雲山縣是個鳥不拉屎的地方，你們這些市領導們誰會過來啊？我是因爲我舅舅家出了點急事，匆忙趕過去的，所以就沒跟縣裏其他人說。于副書記，您就幫我去跟莫書記說說吧。」

于捷雖然知道這個情不好說，但是做領導的，有時候必須要維護跟自己走得比較近的下屬，這樣，這些下屬才會對你忠心，才會爲你所用，所以就算明知會碰釘子，孫濤這個要求他也必須要答應。

于捷無奈地說：「我幫你說說看，不過，莫書記給不給我這個面子，我就沒把握了。」

孫濤稍稍鬆了口氣，有些負氣地說：「于副書記，只要您肯幫我說，我就十分感激

了。莫書記就是不給您這個人情，我也無所謂，我倒要看看他能怎麼處分我？」

于捷勸說：「你也別這麼激動，我儘量幫你說說看吧。」

莫克在臨近下班的時候才回到市委，于捷就找了過去，對莫克說：「莫書記剛才去雲山縣了？」

莫克看了一眼于捷，笑笑說：「是啊，我想去看看下面機關的工作情形，結果很是失望啊。下面的同志工作很不認真，非常缺乏責任感和憂患意識，官僚主義很嚴重，甚至有個別幹部還存著失職瀆職問題。」

于捷心裏不禁罵道：一個孫濤不在，這個莫克就能說出這麼多話來，倒好像海川市裏沒好人了。

于捷是來為孫濤說情的，不好去跟莫克爭辯什麼，便笑了笑說：「莫書記啊，孫濤同志平時工作是很認真的，今天是有特殊情況，忘記跟縣裏其他的同志打招呼了，您看這一次是不是就放過他算了？」

莫克看了于捷一眼，說：「老于，孫濤找你向我說情了？」

于捷點點頭說：「是啊，莫書記，您可能不知道，雲山縣情況比較特殊，那個地方很偏遠，也很落後，縣委的工作清苦，有些同志是可能放鬆對自己的要求，這個您要諒解他們。」

莫克笑了，說：「諒解？老于啊，你怎麼這麼容易放鬆對他們的要求啊？就是因爲你們對下面同志這麼縱容，才會讓他們這麼散漫的。你不用幫孫濤說情了，這一次一定要給他處分，同時我希望以此爲契機，在海川市開展一次作風整頓活動。要知道機關作風出現問題，關鍵是在幹部身上，我們要堅持不懈地把改變幹部作風、加強隊伍作爲一項重要而緊迫的政治任務。古人云……」

莫克說得口沫橫飛，讓于捷滿心的厭惡，他知道莫克又想借機大做文章了，這孫濤也是夠倒楣的，怎麼撞這傢伙手裏了呢？

莫克講了半天終於停下來，看了看于捷說：「老于啊，你看我這個想法是不是很有必要啊？」

于捷心說：你把海川當做你個人的政治秀舞臺了嗎？上次借題發揮一次不夠，現在又想故技重施，你把我們當什麼了，被你操縱的木偶嗎？

于捷的臉沉了下來，莫克一點面子都不給他，還說了這麼一大套教訓人的話，實在是令人惱火，他便忍不住說：

「莫書記啊，您不覺得有點小題大做了嗎？孫濤同志工作一向兢兢業業，是因爲舅舅家出了急事，才臨時趕回海川市的，你這麼上綱上線的，會讓其他的同志怎麼看我們海川市委啊？」

莫克沒想到于捷竟然會質問起他來，他有被冒犯的感覺，便不高興的說：「老于，我覺得你立場有問題啊，這不是小題大做，這是原則問題。」

于捷反駁說：「講原則也不能一點人情味都沒有，我覺得這次孫濤同志有錯不假，但還沒到要被處分的程度，頂多口頭批評一下就是了。」

莫克有點惱火了，說：「于捷同志，你這是什麼態度啊？」

于捷也不客氣，說：「我這是實事求是的態度，我看不慣某些人一再拿自己的同志作秀，這會傷害到同志們的工作積極性的。」

于捷說完，不去理會氣得面色鐵青的莫克，轉身離開了。

回到自己辦公室後，于捷餘怒未息，心說這個莫克算是什麼東西啊，來海川還立足未穩，就整這個整那個的，對班子裏的同志這麼不尊重，真把海川當他的天下了？

絕不能讓莫克這麼為所欲為，于捷一氣之下，抓起電話，打給了金達。

在張琳主政海川市的時候，于捷是跟張琳同一陣營的，此刻因為實在是太討厭莫克做事做人的風格，于捷決定跟金達合縱連橫，對抗莫克。

金達接了電話，笑笑說：「你好于副書記，找我有事？」

于捷說：「想跟金市長聊聊，不知道您歡迎嗎？」

金達愣了一下，于捷還是第一次主動說想找他聊聊，他葫蘆裏賣的什麼藥啊?金達決定先應付下來再說，便笑笑說：「你要來我還不歡迎嗎？」

于捷說：「那好，我一會過去。」

幾分鐘後，于捷出現在金達的辦公室裏。

一坐下來，于捷就抱怨說：「我真是要被莫書記氣死了，一點點小事就要無限上綱，吹毛求疵，他到底拿我們海川的同志當什麼了啊？」

于捷這麼說，金達馬上就明白他是來尋求結盟的。金達決定先看看風向再說，便問道：「老于，怎麼一回事啊？」

于捷一肚子氣地說：「莫書記今天不知道怎麼心血來潮了，突然大老遠的跑去雲山縣，湊巧雲山縣的縣委書記孫濤不在縣裏。莫書記就動了雷霆之怒，說孫濤不堅守崗位，不負責任，嚷著要處分孫濤，又要整頓作風，把我們這些幹部貶得一文不值。我去幫孫濤說情，還被他教訓了一大頓，真是氣人。」

金達聽了說：「孫濤離開縣裏，沒跟其他同志打招呼啊？」

于捷說：「他舅舅家出了點急事，才會離開崗位的。問題不在這裏，而是莫書記想借這個機會拿孫濤做文章，提出要搞什麼整頓作風的活動，人家是又要作秀給別人看了。」

金達不禁說道：「他是不是作秀作上癮啦？」

于捷說：「就是嘛，上次他老婆的事，我就已經很反感了，現在又來這一手，實在令人厭惡。金市長，我們不能這樣子忍耐下去了，是要做點什麼的時候了。」

金達看了看于捷，說：「老于，你的意思是？」

于捷說：「莫書記要處分孫濤，我是不會贊成的，我覺得孫濤雖然有錯，但是還沒嚴重到要給他什麼處分的程度，頂多口頭批評一下就是了。金市長覺得呢？」

金達點了點頭，說：「我同意你的意見，孫濤這個同志我瞭解，做事向來很踏實的一個人，我也覺得孫濤因爲這麼點事就背上處分有點過分了。」

于捷高興地說：「金市長跟我同一立場，莫書記就無法左右局勢了，孫濤這一劫算是逃過去了。」

金達說：「雖然孫濤可能不會被處分，但是莫克不會輕易放過他的。」

于捷眉頭緊皺地說：「他還能怎麼樣啊？」

金達說：「我相信不管處不處分孫濤，莫書記都會借此機會搞一次整頓作風的活動的，因爲我們提不出什麼反對的理由來。」

于捷一想也是，整頓機關作風是個老問題，幾乎年年提，年年整頓，大會小會開的不少，但是形式走完了，工作作風還是依舊，第二年又會把整頓工作重新來一遍。

就算沒有孫濤犯錯，莫克提出要整頓，他和金達也不好反對，因爲就像金達說的，提

不出反對的理由來，莫克這個秀看來還真是作定了。

于捷不禁搖頭說：「這孫濤也是倒楣，怎麼單趕在這個點上了呢？」

金達看于捷這麼護著下屬，相比起莫克一再拿同事和下屬作秀，簡直是一個天上一個地下，看來這個人值得交往。

金達勸說：「好了老于，你也別爲孫濤抱屈啦，誰叫他自己做錯了呢？」

于捷說：「這不是什麼原則性的問題，孫濤倒楣，不是因爲他做錯了，而是因爲他遇到了莫書記不知道要怎麼開展他的工作，正好撞在了槍口上，就拿他開刀了。」

金達聽了，提醒于捷說：「老于，你這個態度可不對啊，莫克同志畢竟是海川市委書記，我們要尊重他，你這個態度讓省委知道了，對你可是不利的。」

于捷趕忙說：「金市長，謝謝提醒了。」

金達笑笑說：「謝什麼，我也受過這種教訓的。好了，大家都是一塊搭班子的，有些事情互相留點餘地，才不至於像當初我跟張琳同志鬧得那麼不愉快。」

于捷點點頭說：「我明白您的意思，不過以後我們可有好日子過了。」

金達開導他說：「總會有辦法解決的，就像今天一樣，我們之間通通氣，不就沒什麼事情了嗎？」

金達這是表達了願意結盟的意思，這也是于捷來這裏的重點，金達首先提了出來，展

現了十足的誠意。

于捷便笑笑說：「是啊，今後我們真是需要多通通氣了。」

第七章

玩出人命

孟森輕描淡寫的說：「也沒什麼，就前幾天有一個女員工吸毒過量死了。」
束濤驚訝的叫了起來：「你怎麼還搞出人命了？」
孟森心說：這條人命可不是我搞出來的，
你如果知道這是孟副省長搞出來的，恐怕會更驚訝呢。

第二天，莫克便提出對孫濤擅自離崗要給予處分，同時要開展整頓幹部作風的想法。金達也同意了。

隨後的常委會上，就通過了舉行大型整頓作風的決定，莫克親自掛帥，主持這次的整頓活動，還把孫濤作爲錯誤示範，進行了嚴厲批評。

坐在台下的孫濤氣得臉色鐵青，會議結束後，直接就去于捷的辦公室，氣哼哼地說：「這傢伙當全市這麼多幹部的面點我的名，是故意羞辱我，我這個縣委書記今後工作還怎麼做啊？」

于捷看了孫濤一眼，說：「你這是什麼態度啊？莫書記批評你不對嗎？你自己做錯了，就要對自己的錯誤有個認識，這一次你要給我作出深刻的檢討出來。」

孫濤大聲叫屈說：「于副書記，我就這麼一次特殊情況，就被莫書記抓住了不放，我真冤啊。」

于捷說：「孫濤啊，你到現在還沒看出來，問題不在於你是不是特殊情況，你不過是給了人家一個由頭，有你這個由頭，人家才好作這場秀。你也別冤了，能就這樣在會議上批評你一下，還是我和金達市長爲你爭取的結果，本來莫書記還準備嚴厲處分你呢。」

孫濤說：「這個莫書記也太不地道了吧，想作秀也不需要拿我開刀啊？」

于捷勸說：「你就別這麼多牢騷了，趕緊回你的雲山縣，好好去做整頓作風的動員工

作吧。」

孫濤苦著臉說：「我自己都是被整頓的對象了，還有什麼臉去動員別人啊。」

于捷笑笑說：「好啦，你也清楚這是怎麼一回事啊，既然莫書記想要作秀，你配合好就是了。」

孫濤無奈地說：「行，于副書記，我知道怎麼做了。這次謝謝您了，要不是您幫我說情，我檔案裏一定會被記上一筆了。」

于捷微笑說：「你跟我還客氣什麼。」

晚上，莫克回到家裏，把電視撥到海川新聞，正好看到自己在整頓作風會議上的講話，電視裏，自己講話有張有弛，節奏把握得非常好，他看到自己的表現，心裏也很得意，臉上不自覺的就露出了滿意的笑容。

一旁的朱欣看到了，冷笑著說：「你是不是對自己的表現挺得意啊？」

莫克說：「是啊，我是挺得意的，你看我表現的多好啊。」

朱欣嘲諷說：「好什麼啊，你這個市委書記的家都快門可羅雀了，還在那兒窮得意。我開始還不明白爲什麼會這樣，現在我明白了，都是你拿出這副道貌岸然的樣子，才把那些想要找你的人擋在門外的。你知不知道，人家這是怕你整他們呢。」

莫克不滿的瞅了一眼朱欣，說：「你這個女人怎麼這麼俗氣呢，一心只想著怎麼發財？我跟你說，他們不來找我更好，我可以免受他們的污染，清廉自守。」

朱欣嗤道：「清廉自守?!莫克啊，你在外面裝一副堅守原則的樣子也就算了，回到家還裝，你累不累啊。」

莫克反問：「誰裝了？」

朱欣冷笑一聲，說：「除了你還會有誰啊？我們夫妻這麼多年，你什麼性格我會不知道？這些年，你在我面前說張升了什麼官，李貪了多少錢的，都是十分豔羨的模樣，難道你當了市委書記之後就轉性了？」

莫克被拆穿了真面目，有點惱羞成怒地說：「你這個女人懂什麼，你沒坐在這個位置上，不知道這個位置的凶險。你看看現在的新聞裏，多少人是因爲這些身敗名裂的？我當初羨慕他們，是因爲不瞭解這裏面的凶險。現在我瞭解到了這個位置要坐得穩，就必須要嚴格約束自己的行爲。」

朱欣癟了癟嘴，說：「行了，莫克，別這麼虛僞了，你這套留到去整頓作風的時候再講好了，在家裏就不用裝給我看了。你現在是剛到海川，沒逮到機會，一旦逮到機會，我估計你比他們誰都撈得狠。你又要跟我說你不是這樣的人了是吧，省省吧，我們家補貼你多少錢啊？也沒見你有骨氣的說不要啊？你這種人如果也能清廉自守，那可真

是天大的笑話了。」

莫克被說得滿面通紅，氣惱的說：「你這個女人真是不可理喻。」

朱欣說：「行了，別老拿這話來說我了，我今天也不想跟你吵，我有事要跟你說。」

莫克沒好氣地說：「什麼事啊？」

朱欣說：「海川有一個城邑集團，你知道吧？」

莫克說：「當然知道了，城邑集團算是海川數一數二的企業。怎麼，他們公司什麼人找你了嗎？」

朱欣說：「今天他們的老闆去局裏辦事，別人介紹給我認識，很氣派的一個人。人家介紹時，說他們老闆是海川首富，我還不相信，聽你這麼一說還真是這麼厲害。」

莫克眉頭皺了起來，說：「你們局裏的人介紹你認識束濤，他認識你想要幹什麼？」

朱欣說：「你別一副別人都是想害你的樣子好嗎？我們就是碰上了認識一下，彼此報了姓名，握握手而已，別的什麼都還沒談呢，你就說人家要你辦什麼事，真是滑稽。誒，這家公司是做什麼的，怎麼會這麼賺錢？」

莫克不禁起了警戒心，質問說：「他們做什麼關你什麼事啊？你問這麼多幹什麼？」

朱欣回嘴說：「怎麼了，我問一下不行啊？」

莫克說：「根本就與你不相關，你問他幹什麼啊？」

朱欣反駁說：「怎麼不相關啊，我們局裏的人說他們是做房地產的，海川市的房地產業這麼好啊，做房地產的公司都能做到海川市首富了？」

莫克看朱欣扯了半天，難道是束濤這傢伙已經把工作做到了朱欣身上？

莫克會知道城邑集團，還是因為張琳和金達的那番爭鬥。現在束濤和城邑集團在海川市是一個敏感的話題，張琳都因為要幫他們而失去了市委書記職務，可見他們是不能招惹的。

莫克看了看朱欣，說：「我不管你跟束濤之間究竟談過什麼，你都給我離他遠一點。這個人是個危險人物，張琳就是因為他，才被弄掉了市委書記的職務。」

朱欣說：「你又給我來這一套了，上次你拿金達說事，這一次連前任的市委書記都搬出來了。束濤不過是個商人罷了，他怎麼會害得張琳丟了市委書記的職務呢？」

莫克搖搖頭說：「你這個女人懂什麼，現在就是這些商人才麻煩呢，張琳是想幫束濤拿下海川的舊城改造項目，結果硬是被金達攔下來了，氣不過，這才鬧到省裏去告金達的狀，才被調走的。」

朱欣不以為然地說：「那是張琳跟金達之間的矛盾才導致被調走，跟束濤的城邑集團有什麼關係啊？誒，那個舊城改造項目現在怎麼樣了？」

莫克看了朱欣一眼，說：「招標失敗，還停在那裏呢。你跟我說實話，是不是束濤想

要讓你幫他說情，讓我出面幫他拿下舊城改造項目啊？」

朱欣回說：「那倒沒有。」

莫克懷疑地說：「沒有？那你怎麼會對這件事情這麼感興趣啊？」

朱欣笑笑說：「我是覺得對我們來說，這是一個好機會，你看啊，現在的束濤和城邑集團肯定是想能夠重新啓動舊城改造項目的招標，並拿下這個項目，如果你能幫他這個忙，他一定會感謝我們，到時候，我們就能拿到一定的好處了。」

莫克急說：「你這個女人啊，真是要錢不要命了，現在海川的人都看著這個項目呢，你卻想染指其中，你是不是真的想害死我啊？」

朱欣說：「你這麼膽小幹什麼？你這個市委書記重新啓動也很正常啊，難道說因爲前面出了問題，這個項目海川市就不做了嗎？既然要做，必然要重新啓動。海川人都看著又怎麼樣呢？如果一點風險都沒有，我們從中也沒什麼好處可得了啊？」

莫克忍不住說：「你這個女人怎麼回事啊？我都跟你說了，這個束濤和城邑集團不能碰。」

朱欣冷笑一聲，說：「莫克，這個家什麼時候輪到你說了算了？能不能碰，我自有主張。」

莫克面色嚴肅地說：「朱欣，你最好別碰這件事，我跟你講，你如果硬要碰，一切後

果自負，我是不會幫你善後的。」

朱欣挺著胸脯，強勢地說：「你敢?!」

莫克說：「我爲什麼不敢，我才是市委書記，我說不幫你，就不幫你。」

朱欣冷眼看著莫克說：「莫克，你話別說的這麼絕對，有些事你別以爲我都不知道。」

莫克警戒地說：「你知道什麼了？」

朱欣露出詭異的笑容，說：「我知道你從江北省調到東海來的真實原因，你要不要我跟你那些舊同事們說說啊？」

莫克愣住了，這是他最不願意提起的一件事，他也從來沒跟身邊的人提起過，朱欣也不應該知道才對。難道她是要詐他，套他的話？

莫克故作鎮靜的說：「我調到東海來的原因，很多人都知道啊，你要跟我的舊同事說些什麼啊？」

朱欣笑了，說：「我想你心裏很清楚我會跟你舊同事說什麼的，問題是，你敢讓我跟他們說嗎？」

莫克一陣心虛，偷眼看了看朱欣，說：「調來東海的事，我從來沒跟你說過什麼，你是怎麼知道的？」

朱欣笑笑說：「我在你身邊睡了這麼多年，你就算隱藏得再好，也不可能一點蛛絲馬

跡都不露的。你迷戀別的女人的事，我不會跟別人說的，我呢，也沒別的要求，我就想過點好日子，你最好是能幫我做到，否則鬧起來，恐怕你的臉上也不好看。」

莫克沒想到朱欣竟然拿這件事威脅他就範，氣得臉色鐵青，指著朱欣說：

「你這個女人……」

朱欣反譏說：「又要說我不可理喻了是吧，拜託，我跟了你這麼多年，也該是享享福的時候了，你要裝清廉，裝你自己的，別連累我也跟著你受苦。」

莫客氣得手都哆嗦了，卻拿朱欣沒什麼辦法，平常他就很畏懼朱欣，更何況朱欣還知道了他心底的秘密。

如果她把自己迷戀方晶的事公諸於眾，他一向道貌岸然的正人君子形象也就毀了，他這個市委書記的顏面也會掃地的。這個女人真是自己的剋星！

莫克哆嗦了半天，卻也說不出什麼硬氣的話來，便再次逃到了他的書房裏。

進到書房，莫克一眼看到桌上那張照片，照片中的方晶正衝著他微笑呢。

此刻，他的心情再也無法像以往那樣，看到這張照片就會高興起來，他以爲隱藏得很好的秘密，原來早就被朱欣洞如觀火，無所遁形，朱欣還裝沒事一樣，任由他把這張照片擺了這麼久。

這讓他感到很害怕，伸手將那張合影給扣在桌子上，然後頹然的坐了下來。

想不到朱欣這個看上去簡單的女人還這麼多心機，這麼深藏不露，自己身邊等於是睡了一條毒蛇啊。莫克渾身有種毛骨悚然的感覺。

早上，城邑集團，束濤的辦公室。

孟森坐在束濤對面，問道：「束董叫我來什麼事啊？」

束濤看了眼孟森，卻被孟森的神情給嚇到了，他沒有回答孟森的問題，反道：「孟董啊，你這是怎麼了？」

孟森並不自覺，愣了一下說：「什麼怎麼了？」

束濤說：「你沒找個鏡子看看，你印堂怎麼這麼黑啊？」

商人是求財的，因此大多很迷信，束濤對這些也很注意，因此看到孟森的印堂發黑，忍不住問了起來。

孟森皺了一下眉頭，說：「有嗎？」

束濤說：「當然有了，那邊有個鏡子，你去看一下。」

束濤的辦公室牆上掛了面鏡子，是束濤整理衣冠用的，孟森走過去，在鏡子裏看了一下，果然印堂處透著一股黑氣。

孟森不以爲意地說：「沒事，可能我最近睡得比較少的緣故吧。」

束濤卻不太相信孟森說的，反問道：「什麼沒事啊，黑成那個樣子還說沒事？你跟我說實話，你這幾天到底發生什麼事了？」

孟森含糊地說：「哪有發生什麼事啊，沒事。」

束濤瞪了孟森一眼，說：「你別瞞我了，沒什麼事的話，你絕對不會這個樣子的，說實話，究竟怎麼了？」

孟森輕描淡寫的說：「也沒什麼，就前幾天有一個女員工吸毒過量死了。」

束濤驚訝的叫了起來：「你怎麼還搞出人命了？」

孟森心說：這條人命可不是我搞出來的，你如果知道這是孟副省長搞出來的，恐怕會更驚訝呢。

孟森笑笑說：「是她自己吸毒過量，關我屁事啊。束董，你別這麼緊張，事情已經擺平了，屍體都火化了，沒什麼事的。」

束濤看孟森這樣子，不禁搖了搖頭，一條人命就這麼沒了，他卻毫不在乎。這樣的人真是太危險了。

束濤說：「你這個樣子可不像是沒什麼事啊，你這幾天沒遇上什麼異常的事嗎？」

孟森說：「束董，你別弄得神神叨叨的，我不信神啊鬼的，如果這世界真有鬼神的話，社會上就不會有那麼多不公平的事了。行了，行了，你就說找我來有什麼事情吧。」

束濤笑了，也是，孟森本就是靠欺負人爲生，如果真有鬼神，他應該第一個遭報應的。但他這麼多年都還好好的，就說明鬼神對他沒什麼作用，老話說鬼神怕惡人，看來還真有道理。

束濤就不去管孟森印堂發黑的事了，說：「是這樣的，昨天我去審計局辦事，碰到了市委書記莫克的老婆朱欣。」

孟森說：「你碰到莫克的老婆有屁用啊，你又不是不知道莫克來海川後做的事情，那傢伙擺明了一副鐵面無私的架勢，就算你認識他的老婆，也無法通過他老婆讓莫克幫我們辦事的。」

束濤笑說：「孟董啊，你是被莫克的表面文章給欺騙了，你還真是當他一清如水啊？那是演給海川市的人看的。」

孟森詫異地說：「演戲？你怎麼看得出來啊？」

束濤冷笑說：「我不用看別的，看他老婆那個樣子我就知道了。你不在現場，不知道他老婆一聽到我是海川首富時，表現的那個熱情勁啊。她如果不是想從我這裏得到什麼，又怎麼會對我這個商人這麼熱情啊？」

孟森聽了說：「就算你說的對，那你想幹什麼？難道想要利用他老婆讓莫克重新啓動舊城改造項目？」

束濤點點頭，說：「對啊，我就是這樣想的。」

孟森搖了搖頭，說：「我看這件事很難，金達和孫守義現在對我們虎視眈眈，莫克新到海川不久，恐怕還沒能掌控局勢，這時候你想讓他幫我們拿到舊城改造項目，幾乎是不可能的事。」

束濤不以爲然地說：「怎麼不可能，你可別忘了張琳當初組了個領導小組，現在莫克接了市委書記，他大可以理直氣壯地把這個小組接手過來，作爲組長，要重新啓動項目，並不是一件難事。再說，這個舊城改造項目，市裏面總是要做的，總不能老擱置在那裏吧？」

孟森反問說：「好，就算你說的有道理，那你要怎麼保證莫克就一定會幫我們？」

束濤說：「我想把莫克的老婆拉進來，讓她吃乾股，這樣子的話，莫克就不是幫我們，而是幫他自己了。」

孟森聽了，笑說：「束董果然是生意人的頭腦，這個主意很好，我贊成。你準備什麼時間去找莫克的老婆談啊？」

束濤笑笑說：「我不能先去找她，要等她來找我。」

孟森不解地說：「她會來找你，不可能吧？」

束濤很有信心地說：「我也做這麼多年的生意了，一眼就能看出這個人究竟是怎麼回

事，你相信我好了，莫克的老婆一定會來找我的。」

孟森質疑說：「你這麼篤定？」

束濤點點頭說：「非常篤定，因爲我明白莫克老婆對我那麼熱情的原因。」

孟森不禁問道：「什麼原因啊？」

束濤分析說：「因爲莫克新到海川來，跟海川本地各方面人物都沒什麼接觸，他又搞得一本正經，弄得大家都不敢去接觸他，生怕被他當做壞示範給抓了。但是，他是真的那麼清廉自守嗎？我看未必。千里做官只爲財，莫克也不例外，只是他目前還欠缺一個很好的撈錢管道，但他又把自己標榜的那麼清廉，當然不好自己出面搞錢啦，於是拿太太作掩護，也是再正常不過的事了。」

孟森點了點頭，說：「束董，您說的很有道理，可是爲什麼我們不直接找上門去跟莫克的老婆談呢，這要等到什麼時候啊？」

束濤說：「你不知道，我看那個女人是個很貪心的人，我們主動找她，她就會認爲我們是有求於她，一定會漫天要價的。反過來，如果是她主動跟我們聯繫，那就是她來求我們了，主動權就在我們手裏，她的價碼就不能開得太高了。」

孟森不禁佩服說：「束董啊，你這個算盤打得真是太精了。」

與此同時，在海川市政府。

公安局的唐政委來市政府辦事，辦完事之後，唐政委就順便拐到了孫守義的辦公室。

孫守義看到唐政委，高興地招呼道：「老唐你來了，坐坐。」

唐政委坐了下來，孫守義笑說：「最近姜局長的工作開展的怎麼樣了？」

唐政委說：「不是很順利啊，上次的突擊清查，讓孟森更加警覺了，他手下的那幫人都收斂了起來，很難再找到他們犯罪的蛛絲馬跡了。」

孫守義心知是因爲自己操之過急，才會導致打草驚蛇的，自責地說：「這都要怪我，是我當時太心急了。」

唐政委笑了笑說：「這也不能怪您，是孟森這傢伙太狡猾，早就防了我們一手。不過，是狐狸總會露出尾巴的，我這次來，就是有一件事情要跟你彙報一下。」

孫守義眼睛亮了一下，看來似乎孟森終於有什麼把柄要被抓到了，便趕緊問道：「什麼事啊？」

唐政委說：「是一件發生在孟森夜總會的蹊蹺事。前幾天，孟森的夜總會突然死了一個女員工，據醫院診斷是吸毒過量致死，城區公安局刑警大隊接到報案，經過調查，確認死者確實是死於吸毒過量，就同意讓死者家屬火化了遺體。」

孫守義聽了，立即起了疑問：「一個女員工死於吸毒過量？那個夜總會不是被處罰停

業整頓六個月嗎？怎麼還會發生員工吸毒過量這樣的事情啊？」

唐政委說：「這就是不正常的地方了，姜局長和我都覺得這件事情其中必有文章，就安排人在暗中做了調查。結果發現，那家夜總會雖然表面上是停業整頓，但是內部一直有營業，只是孟森十分謹慎，只對一些熟客做生意。這次女員工死亡的事件，很可能是某個客人在嫖妓過程中使用了毒品助性，結果不小心過量，才導致女員工死亡的。」

孫守義質疑說：「這能肯定嗎？單憑猜測可是無法給孟森定罪的。」

唐政委苦笑了一下，說：「是很難確定，因爲這件事發生的很突然，等我和姜局長知道消息的時候，那個女員工的屍體已經被火化了。第二天，孟森更是把出事的那間包廂給整個拆掉，重新裝修。」

孫守義叫說：「這傢伙動作這麼快，這是在消滅證據啊。」

唐政委點點頭說：「我和姜局長也是這麼認爲的，只是苦於手頭並沒有什麼證據，無法對孟森採取行動，只好眼睜睜看著他把證據給毀掉了。」

孫守義不禁嘆說：「這傢伙還真是難鬥啊，這麼狡猾。不過，他匆忙湮滅證據，反倒說明了當晚一定是發生了什麼不可告人的事情。老唐，我認爲這個女員工絕對不是自己吸毒過量死的，應該是像你說的那樣，還有一個去嫖妓的客人，如果能找到這個人，我想這件事就會水落石出了。」

唐政委笑說：「真是英雄所見略同啊，姜局長也是馬上就提出了跟您相同的觀點，於是我們的調查目標就轉向了當晚出現在夜總會的這個客人。結果一件更奇怪的事情發生了。經過暗訪，那家夜總會附近的商家都說，當晚除了夜總會自家的車之外，並沒有什麼特別的人或者車進出過那家夜總會。」

孫守義愣住了，困惑地看了看唐政委，說：「老唐，這不可能吧？」

唐政委說：「暗訪的結果確實是這個樣子。我們一開始也很失望，以爲案子又走進了死胡同，但是姜局長卻有一個很獨到的看法，他說，雖然沒有發現有特別的車和人出入過夜總會，但是並不代表那個客人就不存在。他提出了一個很大膽的假設，認爲這個客人很可能是孟森親自開車接進夜總會的，第二天又很早的就把客人給送走，這樣別人就不會發現有人出入過這家夜總會了。」

孫守義心裏咯登一下，能讓孟森親自出馬的，說明這個客人的身分對孟森來說是極爲重要尊貴的，而目前就孟森的人脈圈來說，只有一個人的身分能讓孟森這麼做，這個人就是省政府的孟副省長。

如果真是孟副省長，這個案子牽涉的層次對他和唐政委、姜非來說，就有點高了。

不過，也不能就此肯定這個客人就一定是孟副省長，因爲省城離海川有很大的一段距離，孟副省長真的能夠在晚上奔波千里，就爲了跟女人睡一覺嗎？這有點太不可思議了。

雖然他不願意相信這個客人就是孟副省長，但孫守義心中還是很好奇這個問題的答案，他看了一眼唐政委，問道：「老唐，既然姜非局長有了這個大膽的猜測，那你們肯定做了相應的查證了？」

唐政委回說：「我們當然調查了，結果發現了一件更匪夷所思的事，這件事情怕是跟省城的某個人物有著很密切的關聯。」

孫守義眼睛睜大了，正色地說：「老唐啊，這件事情非同小可，你沒有證據可別瞎說啊。」

唐政委信誓旦旦地說：「我敢這麼說，就是有一定的根據。我們調查了孟森的行車記錄，發現在出事的那天，孟森開車去齊州，又很快返回海川，凌晨的時候，他又開車去了齊州，據此推測，孟森當晚一定是從齊州接了某人到他的夜總會，那個人在他的夜總會玩了一夜之後，凌晨返回齊州，那個女員工應該就是在這個某人離開海川之前死掉的。」

如果真是這樣子的話，那這個某人必定是孟副省長了。

這件事情太可怕了。副省長跑來海川嫖妓不說，還發生命案，鬧出去肯定是一件轟動全國的政治醜聞，會給東海省造成什麼樣的影響都很難說。

這個後果十分嚴重，嚴重到孫守義都覺得他無法承擔的程度，他心裏開始打起鼓來。

此刻，查處孟森對他來說已經不那麼重要了，重要的是，如果真的把孟副省長給揪出

來，會產生什麼樣的政治風暴，而這場政治風暴又會對他的仕途有什麼影響？

孟副省長是東海省本土勢力的代表，在東海省根深葉茂，影響很大，自己如果把這個大傢伙給扳倒了，那他這個空降到東海政壇上來的人將瞬間成爲東海省本土勢力的敵人，那他將來在東海的仕途必然會舉步維艱。

這件事情要怎麼做，還真是要認真權衡。

孫守義看了看唐政委，說：「老唐，既然你們找到孟森的行蹤，那高速公路上的監控錄影應該拍下他們的影像，這部分你調閱過沒有？」

唐政委說：「調是調閱過，不過，遺憾的是只拍到孟森車子後座上有人，並沒有拍到那個人的面貌，所以還是無法知道這個人是誰。」

聽唐政委說沒有拍到那個人的面貌，孫守義心中竟然如釋重負的鬆了口氣，如果真的拍到了孟副省長的樣貌，那他還真是不知道該怎麼辦呢。

政治遊戲骯髒就骯髒在這裏，不論到哪一步，都離不開利益的盤算。孫守義並不想在打倒孟森的同時，搭上自己的仕途，因而此刻他放棄的想法大於查下去的決心。

孫守義又問唐政委：「老唐，這件事除了你和姜局長之外，還有別人知道嗎？」

唐政委說：「有些偵查員知道一些。」

孫守義交代說：「這件事我們目前還沒有什麼實證，太多人知道了並不是件好事。你

跟其他的同志說一下，現階段要儘量保密。」

唐政委大概也猜測到了車裏的那個人是誰，便點點頭，說：「我會跟參與調查的同志們強調注意保密的。」

孫守義很想叫唐政委把偵查停下來，但是想了想之後，還是忍住了沒有說，反正現在相關的證據已經被孟森毀滅的差不多了，唐政委和姜非想要獲得什麼突破，顯然是不太可能，而齊州並不在海川市公安局的管轄範圍之內，姜非和唐政委如果想要齊州配合調查，也必然要拿出強有力的證據支持才行。

權衡一番之後，孫守義說：「老唐，你們做的不錯，如果調查再有什麼進展，及時跟我彙報。」

晚上，孟森在外面喝完酒回到夜總會，時間已經很晚了。

夜總會裏靜悄悄的，走廊一片漆黑，沒有開燈。自從那個叫褚音的女人死掉之後，這裏幾乎就沒人上門了，除了一樓有幾個值夜的保安，基本上沒有別的人。

前些日子這裏還是燈火通明，金碧輝煌，轉瞬之間就變得死氣沉沉的，這都是那個死女人搞的。媽的，你要死，爲什麼不死在別的地方，偏偏死在夜總會裏，髒了我的地方！孟森心裏不禁罵道。

孟森跑來，是想看看這裏的裝潢進度，他想把這層改成一個棋牌室，明著是打打麻將、撲克之類的，實際上暗地經營賭場。

不知道哪個房間的水龍頭沒關好，不時傳來滴答滴答的水聲，孟森忍不住罵了句保安懶惰，也不知道上來開個燈，搞得這裏黑漆漆的，什麼都看不見。

他按照印象中記得的開關位置按下去，想要把走廊的燈打開。不想一下子摸了空，什麼都沒有，心裏不禁一驚。

恰在這時，孟森看到對面有兩個像眼睛般的亮點，悄無聲息的向他飄過來，孟森長這麼大，還從來沒見過這樣詭異的場景，聯想到死去的褚音，孟森頓時感覺到整個空間陰森森的，渾身的汗毛都豎了起來。

他慌了神，手在記得有開關的地方，快速的上下左右摸索著。

摸了半天，總算找到了開關，他趕忙把燈打開，光亮瞬間充盈了整個走廊，再看那對亮點，才發現原來是一隻不知道什麼時候溜進來的流浪貓，這隻貓渾身都是黑色，所以才會在黑漆漆的夜晚只看到兩個詭異的亮點。

燈光驟然打開，嚇了黑貓一跳，牠喵嗚叫了一聲，飛快的逃走了，孟森罵了句娘，心說被你嚇死了。

這時候，孟森再沒有心情去看什麼裝修進度了，也不敢留在夜總會，趕忙離開了。

走出夜總會後，孟森的心才稍稍安定了些，他開車回家，進門之後，酒意上來，上床倒頭就睡。

睡夢中，他感覺有一道長長的走廊看不到盡頭，前面不知道哪裡傳來滴滴答答的滴水聲，孟森忽然覺得自己很渴，喉嚨乾得冒煙，很想找水喝，於是他走向那個滴滴答答水聲傳來的方向。

走廊很長，孟森渴得越發厲害，他加快腳步，奔向水聲發出的地方，好不容易跑到了走廊的盡頭，眼前出現一道奇怪的門，門上有著詭異的稜角和曲線，門上沒有任何把手，也不知道該怎麼去開這道門。

水聲就是從門的那一邊傳來的。孟森顧不得對這道門的恐懼，伸手去推門，手還沒觸到門，門吱呀一聲開了，眼前的房間空無一物，只是對面的牆壁上有一道還是很詭譎的門，水聲似乎在那道門的後面，孟森想都不想，又去推門，門後又是一道相同的門……

孟森彷彿走進了無止境的迷宮中，不知道推開了多少道門，就在孟森幾乎陷入絕望中時，他終於在新推開的那道門之後，看到了一個水台，一個水龍頭沒被關緊，正滴滴答答的滴著水。

這時候的孟森心情可以用狂喜來形容，他二話沒說就衝過去，扭開水龍頭想狂喝一頓解渴。

就在這一瞬間，滴滴答答的聲音戛然而止，水沒了，他竟然一點都沒喝到嘴裏。

孟森狂怒，大喊道：「是誰，誰在跟你孟爺爺搗鬼呢？」

身後傳來一陣咯咯的女人笑聲，孟森飛快的轉過身去，回手就想去扇身後女人的巴掌，他覺得這一晚實在被耍夠了。

孟森揮出去的手很快停在了半空，因爲他被眼前看到的情景嚇傻了。

眼前是一個巨大的鍋爐，裏面正燒著火，一個女人坐在熾烈的火焰中不停地笑著，火焰隨著她的笑聲不斷地從她的眼眶、嘴巴裏冒出來。

孟森轉身就想逃跑，卻一下子撞到了牆壁上，這時他才發現，這個房間的門都消失不見了，他根本就無法逃出這個房間。

「孟董，你跑什麼啊，怎麼，見到我不高興嗎？別忘了，你可是跟我睡過的啊？你還誇我服侍你服侍得很爽呢。」女人嬌笑著說。

孟森聽女人這麼說，似乎是自己的熟人，他壯起膽子，回頭偷眼去看那個女人，這時，女人臉上的火焰沒有了，又現出了姣好的容貌。

果然是熟悉的人，就是那個他派去服侍孟副省長的褚音，他笑說：「原來是你啊，剛才幹嘛來嚇我啊？」

女人笑笑說：「我不是跟你開玩笑的嗎？」

女人說著，就偎依到孟森的懷裏，小手在孟森身上摸索著，最後竟然解開孟森的腰帶，俯身下去，用嘴噙住了孟森的下體吸了起來。孟森感到一陣異樣的舒爽，身子忍不住繃直了。

就在這時，孟森忽然想到這個女人的名字，便問道：「誒，你究竟姓什麼啊？那個字很怪，我都不認得啊。」

女人含著他的寶貝，笑說：「孟董啊，你壞死了，連人家的姓都不認得，那個字念楚，我叫褚音。」

孟森腦海猛然意識到不對，現在跟他親熱的這個女人應該已經死了。想到這裏，孟森不由得心膽俱裂，指著女人叫道：

「你，你不是死了嗎？」

女人在這一瞬間變了臉，姣好的面容不見了，嘴和眼睛又變成了無盡頭的火焰深洞。

孟森驚叫一聲，想要掙脫女人。女人卻在這時候把他抱得緊緊的，不讓他掙脫，森冷的道：「孟森，你擺脫不了我的，我們倆已經緊緊的聯繫在一起了。」

孟森拼命地想要掙脫，女人卻越抱越緊，孟森被抱得越來越喘不過氣來，直至窒息。

一陣手機鈴聲響起，孟森一下子被驚醒，他猛地坐了起來，四處看看，那個叫褚音的女人沒有了，床頭櫃上手機響得正歡，這才鬆了口氣，心說：原來是做了一場噩夢，嚇死

我了。

孟森一邊去拿手機，一邊擦了下額頭嚇出來的冷汗，看手機上顯示的來電號碼，竟然是孟副省長，趕忙接通了。

孟副省長埋怨道：「小孟，你怎麼睡得這麼死啊？」

孟森笑了笑說：「晚上我多喝了幾杯，所以沒聽到您的電話，您有事找我？」

孟副省長緊張兮兮地說：「小孟啊，我剛才做了一個可怕的噩夢，夢到那晚死去的那個小姐。」

孟森不禁一愣，怎麼會這麼巧，難道這世界上真的有鬼神存在？

孟森力求鎮定地說：「省長，你別這麼緊張，不過是個夢而已。」

孟副省長害怕地說：「小孟啊，這個夢很恐怖，我夢到自己在一個很詭異的走廊裏，走廊裏沒有燈，黑漆漆的，好像有什麼地方水龍頭沒關緊，總有滴滴答答的水聲……」

孟森越聽越覺得毛骨悚然，因爲孟副省長的夢境居然和他一模一樣！孟森不寒而慄了起來。

孟副省長講著講著，聽到電話那頭聲音越來越小，他本就提心吊膽的，聽孟森這邊沒聲音，就更膽虛了，問道：「小孟啊，你還在聽嗎？」

孟森聲音顫抖的說：「我在聽呢。」

孟副省長奇怪地說：「怎麼你的聲音也在發抖啊？」

孟森苦笑了一下，說：「因為我跟你做了個一樣的夢。」

「啊！」孟副省長恐懼的叫了起來。

他慌張的說：「小孟啊，你說，是不是那個女人的冤魂纏上我們了？」

孟森只好安撫他說：「您也相信這個？這世界上沒有鬼吧？」

孟副省長驚懼地說：「那你怎麼解釋我們倆竟然同時做了一個一樣的夢呢？難道僅僅是巧合嗎？小孟，我們一定是被那個女人的鬼魂給纏上了，這下子慘了，我們都要倒楣了。」

孟副省長有點亂了陣腳，孟森心裏雖然不無恐懼，卻沒有被嚇住，他知道這樣子下去的話，不用等別人來抓他們，自己就先把自己給嚇死了，便說：

「您別害怕，就算是鬼，我們也不是沒有辦法解決，不是還有能收鬼捉妖的人嗎？再說，這社會有錢能使鬼推磨，我就不信這麼個女鬼能害到我們。」

孟副省長顫抖地說：「小孟，你光說這些空話有什麼用啊，我們現在要的是怎麼樣才能把這個女鬼給趕走。」

孟森說：「您先別慌，天亮之後，我馬上就去找能驅鬼的能人，好嗎？」

孟副省長問：「你有這方面的朋友？」

孟森說：「我不信這個，所以沒有結交這方面的朋友，不過我看東濤挺信這個的，相信他一定認識這方面的高人。」

孟副省長這才心神稍定了些，說：「那行，天亮之後，你趕緊去找他，問問他這種事該怎麼辦。」

孟森答應說：「好的。」

孟副省長又交代說：「還有啊，千萬不要提到我也做了同樣的噩夢，知道嗎？」

孟森明白孟副省長是不想暴露他涉及到緖音吸毒猝死這件事，便笑笑說：「這個我清楚。」

第八章

無言道長

束濤點點頭說：「無煙觀那裏的無言道長是一位世外高人，修習的是符籙派，有人說無言道長擅長以符咒召神、驅鬼，還會治病、隱身、刀槍不入等神通。你去找他，他一定能幫你解決這個問題的。」

第二天一早，孟森就跑去城邑集團。

一看到東濤就說：「東董，真是被你說中了，昨晚我夢到那個女員工來糾纏我，我以前從來不信這些的，我看你對這方面懂得不少，你說我應該怎麼辦呢？」

東濤仔細地端詳了下孟森，說：「你臉上的黑氣更重了，你昨晚是不是遇到了什麼嚇人的東西了？」

孟森說：「也沒什麼，要說有，就是在夜總會碰到了一隻黑貓，當時走廊裏黑漆漆的，那隻黑貓只能看到兩隻眼睛，有點嚇人。」

東濤點點頭說：「這就是了，老人說，黑貓是鬼魂的使者，通常停屍的地方都不讓黑貓出現的，因爲傳說黑貓如果跳過屍體的話就會詐屍，那個女員工的鬼魂估計就是被這隻黑貓引到你這裏來的。誒，你們那個女員工死了幾天了？」

孟森算了一下，說：「今天是第八天了。」

東濤又問：「她的屍體是你去處理的，還是她的家人處理的？」

孟森說：「這個女人來的時候是別人帶過來的，我根本就不知道她的家人在什麼地方，屍體當然是我處理啦。」

東濤說：「那你是怎麼處理的，燒了就算了？」

孟森說：「哪裡，我給她買了一個很好的骨灰罈，把她的骨灰給存放了起來，也算對

得起她了。」

束濤聽了說：「這麼說，那些祭奠、燒紙錢之類的儀式你都沒弄了？」

孟森笑說：「一個做小姐的，我去祭奠她什麼啊，難道說我要當祖宗一樣供著她啊？」

束濤不以爲然地說：「這就難怪了，你別看那些老禮俗，裏面是有很多講究的。老人都說，人死後七天，魂魄會回來陽間看一下，這叫回魂，據說回魂時可以聽到沙沙聲，那就是靈魂的腳步聲；而那些橫死的鬼魂，因爲在陽間有些未了的事，就會滯留在陽間不走，這時候你如果碰到的話，很可能就會被他纏上的。」

孟森臉上的笑容僵硬了，他看了看束濤，說：「束董啊，你說的是真的還是假的？」

束濤表情嚴肅地說：「當然是真的了，老話就這麼講的嘛。」

孟森說：「你的意思是，我遇到了回來的鬼魂？」

束濤點了點頭，說：「我是這麼認爲的。你說的這個女的，猝死在你的夜總會，她的家人並沒有來處理她的屍體，她的魂魄就滯留在你的夜總會，所以你才會在夜總會看到一隻黑貓。你想想看，以前你在夜總會看到過黑貓沒有？」

孟森搖搖頭說：「這倒沒有，不過我看那隻黑貓很可能是隻流浪貓，以前夜總會那邊整夜都很熱鬧，流浪貓不敢去，現在是停業狀態，沒人在裏面，所以一些流浪貓也可能出現在裏面的。」

東濤不禁笑說：「你這是給自己找理由啊，好吧，既然你不相信這些，你還害怕什麼呢？」

孟森尷尬的說：「東董，我也就是分析一下可能性，並不是不相信，那個噩夢確實挺可怕的，你幫幫我吧，給我出個能解決問題的主意。」

東濤不置可否地說：「主意我可以幫你出，不過，如果你心中不相信這些，我出了主意也沒用的。」

孟森趕忙說：「我信，我信還不行嗎？說吧，什麼主意。」

東濤指點他說：「你要想從這個噩夢中解脫出來，必須去求一個人。」

孟森問：「誰啊？」

東濤說：「你知道無煙觀嗎？」

孟森想了想說：「無煙觀不是海平區那座小廬山上的道觀嗎？我聽人說起過。你要我去那裏啊？」

東濤點點頭說：「無煙觀那裏的無言道長是一位世外高人，修習的是符籙派，有人說無言道長擅長以符咒召神、驅鬼，還會治病、隱身、刀槍不入等神通。你去找他，他一定能幫你解決這個問題的。」

孟森有些懷疑地說：「隱身，刀槍不入，有這麼神嗎？我怎麼覺得有點邪氣啊？」

東濤莫可奈何地說：「你又來了，跟你說了，這些東西都是信才靈的，你如果不信這些的話，我也幫不了你啦。」

孟森趕緊說道：「好好，我信還不行嗎？」

東濤又說：「我跟你說，這個無言道長的神通我是領教過的，我曾經和一個遇到挫折的朋友一起去見他，閒聊中說起了測字，我那個朋友寫了一個比翼雙飛的『比』字讓道長測，道長看他寫完之後，搖搖頭，對我說：你要多開導你這位朋友，他最近情路不順，有殉情求死的想法啊。」

孟森不禁問：「你的朋友真是這樣想的嗎？」

東濤笑說：「是啊，當時我的朋友大吃一驚，他確實是喜歡上了一個跟他歲數相差很大的女孩，結果對方家長拼命阻撓，兩人愛得很痛苦，便有殉情的想法。」

孟森叫說：「還真是這樣子的啊？就這麼一個比『比』，道長就能看出這些來？他是怎麼看出來的？」

東濤笑笑說：「我朋友也是這麼問的，道長就講了。他說這個『比』字，有比翼雙飛的意思，但是我朋友寫這個字的時候卻是印堂發黑，六神無主，一副彷徨的樣子，說明他並沒有信心能夠跟對方比翼雙飛，在這方面他所受的阻撓很大。此外，『比』字是兩個匕字疊在一起，匕首是爲凶器，還有兩把，主大凶；如果我沒猜錯的話，你們是相約

割腕殉情吧？我那朋友直點頭，說道長真是神準，所說的一點都不差。」

孟森聽了，有些不相信地說：「真的假的，湊巧碰上的吧？」

束濤說：「孟董啊，有些事情不是文字遊戲就能解釋的。我看無言道長測字很準，當時正是我們爭取舊城改造項目的關鍵時候，我心中沒有什麼底，就也讓他幫我測了個字，想要看看我們爭取到項目的勝算有多少。」

孟森來了興趣，問道：「你測了什麼字？」

束濤說：「我當時一下也不知道寫什麼字好，就隨便寫了一個『三』字給他。」

孟森說：「那他怎麼解釋的呢？」

束濤說：「當時道長沒有絲毫猶豫，張口就說舊城改造項目我們爭取不到了。」

孟森叫說：「不是吧？他怎麼就能知道我們爭取不到了呢？」

束濤說：「道長解釋說，『三』字是王字少了中間那一豎，等於是做王的沒有了主心骨。王是什麼？是領導者、主事者的意思，王沒有了主心骨，說明在幫你們爭取這個項目的人現在徘徊不定，並沒有拿定主意一定會幫你們。而三字本身也有三心二意的意思，幫你們爭取項目的那個人都三心二意了，你們又怎麼能有機會贏呢？孟董啊，現在你知道，我們舊城改造項目之所以失敗，就是因爲張琳顧慮這顧慮那的，不敢豁出去一切來幫我們，所以才失敗的，你說，道長說的準不準啊？」

孟森聽了，說：「這麼說倒是真有一點準，東董，你安排個時間帶我去見見他吧。」

東濤說：「我今天沒什麼事，要不我們現在就去？」

孟森高興地說：「那是最好了，我也不想老是被鬼魂纏住，這種事情還是儘快解決掉比較好。」

兩人就去了海平區的小廬山，車直接開到了無煙觀的門前，東濤和孟森下了車，直接進了道觀。

無言道長正在道觀內跟什麼人打電話呢，看到兩人進來，示意兩人先坐。

孟森看到一個身著道袍的中年道士拿著手機在說話，總有幾分很荒謬的感覺。心說這道士倒是挺時髦的，也用起現代化的設備了。

道童過來給兩人奉上了茶水，無言道長雖然道號叫無言，卻名不副實，話很多，道童都泡好茶了，他還在跟對方說著什麼。

孟森在一旁聽無言道長一直稱呼對方爲廳長，好像是跟省裏的某位領導在講話，心中不禁想道：這老道倒是人脈挺廣的。

過了好一會兒，無言道長總算結束了通話，過來坐到了主人的位置上，看了看東濤，抱歉地說：「不好意思啊，東董，省民政廳的白廳長有些事情要跟我諮詢，我不好掛他的

電話，只好陪他囉嗦了這麼久，害你們久等了。」

束濤客氣地說：「我們是不速之客，等一下也是應該的。」

無言道長又看了一眼孟森，眼神有點驚詫的挑了一下，說：「東董，你這位朋友臉上的黑氣很重啊，近些天一定是遇到什麼不乾淨的東西了。」

束濤笑說：「道長眼神果然銳利，一眼就看出我這位朋友遇到了不乾淨的東西。來，我給你介紹，這位是興孟集團的孟森孟董。」

無言道長說：「原來是孟董啊，久仰大名了，幸會幸會。」

孟森這時才完全看清無言道長的樣貌，心中未免有點失望，無言道長身形略胖，一個圓嘟嘟的臉很是粗鄙，一點仙風道骨都沒有，倒很像一個殺豬的屠夫。

孟森說：「幸會，我聽束董說道長神通廣大，能卜吉凶，斷生死，招神驅鬼，兄弟我遇到了點難事，想求道長出手幫忙一下。」

無言道長聽了立即說：「我沒那麼大神通，一點雕蟲小技而已，束董謬讚了。」

束濤在一旁說：「道長不要謙虛了，我可是領教過你的神通的。我這個朋友確實是遇到了一點難處，還望道長施以援手。」

無言道長眼神轉向了孟森，搖了搖頭，說：「孟董啊，你怕不是遇到點難事那麼簡單吧？我看你於佛道之事並不十分相信，若不是很嚴重的事，你是不會找到貧道這裏來的。」

孟森不禁說道：「道長果然看得很準，只是不知道你能不能算出我來所爲何事啊？」

無言道長笑了起來，說：「孟董這是想考考貧道了？」

孟森說：「道長是不是怕了？」

無言道長呵呵笑了起來，說：「我怕什麼啊，說到底，我們不過是朋友坐在一起閒聊，就算我說的不對了，也就博君一笑而已，孟董總不能把我這道觀給砸了吧？」

孟森心說：這老道還真是個老油條啊，什麼事情還沒說呢，就先設定了底線，這樣就算他說的不靈，自己也不好說什麼了。

孟森便笑了笑說：「道長真是會開玩笑，大家都是東董的朋友，我怎麼會砸了你的道觀呢？」

無言道長說：「那是孟董現在這幾年行爲收斂了很多，如果早幾年，如果我說的不靈，你會真的砸了我的道觀的。」

孟森愣了一下，看了看無言道長，說：「看來道長是知道我孟森這號人物的了？」

無言道長笑了笑說：「那倒不是，我是從你的面相上看出來的，你少年時家境貧寒，父母對你管教很少，很早就在社會上闖蕩，養成了你好勇鬥狠的性格。但是你頭腦靈活，知道審時度勢，就利用你早期賺的那些錢開了現在的公司，並在商界站穩了腳跟，這些我說的對吧？」

孟森卻說：「道長，我的這些事，海川很多人都知道，你能說出這些來，並不是什麼本事，你也別廢話了，就告訴我你算沒算出我的來意是什麼好了。」

無言道長並沒有生氣，而是笑笑說：「這個我可不能憑空推算，你得給我一點線索我才能推算的。就像我看你的生平，就是根據你的面相來推算的。」

孟森說：「這倒可以，我聽束董說，你的測字很靈驗，就幫我測個字吧。」

無言道長說：「行啊，那就請寫下你要測的字吧。」

孟森心說寫什麼字呢？他看了眼一旁的束濤，心裏忽然起了一個促狹的念頭，就蘸著茶水，在桌上寫了一個「三」字。

束濤一直看著孟森，見孟森寫出了「三」字，就有點坐不住了，孟森明知道無言道長已經幫自己測過這個字了，還寫出這個字來，便知道孟森這是有意而爲之，想爲難一下無言道長。

他看著孟森說：「孟董，別跟道長開玩笑，這件事情是很嚴肅的。」

孟森說：「束董，道長都還沒什麼表示，你緊張什麼啊，既然道長神通廣大，那他一定會測出什麼來的。」

無言道長看著孟森，笑了笑說：「看來孟董是知道我是如何跟束董解釋這個『三』字的了，孟董真是有趣啊。」

孟森有點挑釁地說：「道長，你別光說有趣，字我已經給你了，你倒是測啊。」

無言道長笑笑說：「那好，我就幫你測。雖然你跟東董都寫了一個『三』字，但是因爲寫字的時候，你們的心態不同，所以測得的結果也就不同了。東董的『三』字是隨意寫出來的，是意識的自然流露，因此他的『三』字最能表明他當時所處的狀況。而孟董的這個『三』字，是刻意爲之，是心有定見才寫出來的，那就不能把這個『三』字僅僅當做『三』字來看了，而是『三』字加上主心骨，那就是一個『王』字了。」

孟森說：「道長這話有些道理，但是這個『王』字跟我的來意有什麼關聯嗎？」

無言道長笑了笑，說：「你先別急，聽我慢慢說。這個『王』字的組成是刻意的，很勉強的，總差了那麼一點。『王』字加一點，就是一個『主』字。」

說到這裏，無言道長抬頭看了看孟森，說：「在你求我幫忙的這件事情中，你並不是正主，是被人派來的，對不對啊？」

孟森這下子可驚呆了，孟副省長跟褚音的事，他連東濤都沒說，孟副省長到過海川的事情也只有他一個人知情，這個老道竟然一口就說出他不是正主，是被人派來這樣的話來，這實在是太令人震驚了。

束濤也滿臉困惑的看著孟森，孟森震驚的表情說明無言道長說的是真的。他沒想到孟森還有事會瞞著他。

孟森看出東濤有話想問他，趕忙一擺手，說：「東董，你最好什麼也別問，你問了我也不會回答的。」

東濤見孟森態度很堅決，知道問了也不能得到答案，便把想問的話給吞了回去。

下面的話似乎並不方便在東濤面前說，孟森便說：「道長，能不能借一步說話？」

無言道長看了看東濤，東濤看孟森這麼鄭重，就知道牽涉到的那個正主絕不簡單，他最好是知道的越少越好，便對無言道長說：

「道長，你陪我的朋友去吧，我在這裏喝茶等你們。」

無言道長就把孟森帶到另外一間屋子裏。

孟森說：「道長，剛才對您不夠恭敬，還請海涵啊。」

無言道長笑說：「這麼說，我推算的不錯囉？」

孟森說：「道長真是神準，我確實不是正主，正主現在不能來你這裏。想來道長已經推算出來究竟是怎麼一回事了吧？」

無言道長點點頭說：「我大致上有了一定的脈絡，『三』字也代表著三界的意思，我們道家所說的三界，一般是指天、地、人三界，指的是整個世界或是宇宙範圍。天界是神仙和聖人所在的天堂或天庭，是俗人所無法高攀的神聖世界；人界也稱人間、陽間，即指現實的宇宙，多指地球；地界或魔界，也稱鬼界和陰間，意指充滿恐懼、猶如陰曹地府般

的世界。你現在印堂發黑，心存恐懼，涉及的事情顯然是與三界中的地界相關，也就是與鬼界或者陰間相關。如果我推算得不錯的話，一定是有一個女人因爲跟那個正主相關的原因而殞命了。當然了，我說的相關，並不是說人就是那個正主給害死的，他只是一部分原因，那個女人也該負上很大的責任的。」

孟森越聽越佩服地說：「道長，你也太神了吧？連這個也能推算的出來？」

無言道長笑笑說：「不是我神，是你的字藏著這麼多玄機。你不要看不起文字，『倉頡造字而天雨粟，鬼夜哭』，就是說倉頡造出文字的那一天，白日竟然下粟如雨，晚上聽到鬼哭魂嚎。爲什麼下粟如雨呢？因爲倉頡造成了文字，可用來傳達心意、記載事情，自然值得慶賀；但鬼爲什麼要哭呢？有人說，因爲有了文字，民智日開，民德日離，欺僞狡詐、爭奪殺戮由此而生，天下從此永無太平日子，連鬼也不得安寧，故而鬼要哭了。所以說，這文字是蘊含有命運的樞機和鬼神的意志的。」

孟森問道：「道長，既然你已經知道了我的來意，那你說我們要怎麼辦呢？現在那個女鬼已經出現在我和這件事的正主夢中了，下一步還不知道會怎麼糾纏我們呢。」

無言道長高深莫測地笑笑說：「你到我這裏，就沒事了。」

孟森急道：「道長有辦法幫我們解決？」

無言道長說：「我修的是符籙派，驅鬼這一路自然是拿手的。你等一下，我幫你畫兩

張符。」

無言道長就拿出了黃裱紙和朱砂、毛筆，就在孟森面前，在紙上用朱砂畫了兩道像字又不是字的符，然後開始念念有詞地說著：「太上老君急急如律令……」似乎在給符賦予法力。

念完之後，無言道長小心的將符折好，然後裝入兩個紅布的小囊之中，這才把小布囊交給孟森，說：「這兩個小布囊，你和你那個朋友貼身帶著，我想就不會再有什麼不乾淨的東西來騷擾你們了。」

孟森雙手接了下來，恭敬地說：「謝謝道長了。」

孟森小心的將紅布囊收好，然後從手包裏拿出了兩萬塊，放在無言道長面前，說：「這個請道長笑納，給道觀做點整修費用。」

無言道長倒沒推辭，將兩萬塊錢收進了抽屜裏，然後說：「謝謝孟董了。」

孟森這時想起孟副省長爭取省長的事一直沒有什麼消息，就想讓無言道長幫他推算一下，看這個省長到底還有沒有戲，便又說道：「道長，我還有一事想要請教你，我這個朋友最近一直在謀求一件大事，你看他能成功嗎？」

無言道長搖搖頭說：「你朋友最近遭遇到女鬼這種事，鬼爲陰，只有趁人的陽氣衰落的時候才敢來纏人，陽氣衰落，時運必然會渙散，這說明你朋友的時運正值渙散之時；時

運渙散，諸事都不會順利的。我想你朋友謀求的大事如果是近期就要見分曉的話，一定是不成的。『三』字與散同音，你寫了這個字，也充分地說明了你朋友目前的所處境況。」

孟森心想，看來上次孟副省長來海川那麼暴躁不是沒有原因的，一定是他知道了希望落空，才會那個樣子的。此時孟森有點後悔，不該爲了一時的促狹，寫了那個「三」字，也許寫別的字，結果會不同呢？

但是誰都無法知道答案了，畢竟有些事情是無法從頭來過的，孟森只好說：「謝謝道長了。」

孟森跟束濤就離開了無煙觀。當晚，孟森貼身帶著那個小紅布囊睡覺，也不知道是太累還是心理作用，這一夜竟然平安無事，連個夢都沒做過，睡得十分的香甜。

湯言站在窗前，看著燈火通明亮如白晝的北京城街景，心說北京城越來越像一個國際大都市了，那些四合院、胡同之類老北京的標誌在城區越來越少，少到湯言都有些不認識的感覺。

曹甦從身後抱住了湯言，臉貼在湯言的耳邊，柔聲的問道：「怎麼還不睡啊？」

湯言回頭看了看曹甦，說：「我睡不著，你什麼時候醒了？」

曹甦笑笑說：「剛剛睡夢中，我一摸你不在我身邊，還以爲你離開了呢，就醒了。」

誒，你在想什麼呢？」

湯言說：「我在想北京是越來越繁華了，站在這裏看向外面，我有一種要迷失掉自己的感覺。」

曹豔聽了，笑說：「你也有這種感覺啊？我以爲就我有這種感覺呢，尤其是一個人在深夜的時候，站在窗前看外面，讓我有種恐懼感，感覺要被浩大的北京城給吞噬了一樣。」

湯言笑說：「我也這麼覺得，個人在這麼大的北京城面前是很渺小的。」

曹豔不禁說：「這可與你一貫的作風不一樣啊。」

湯言反問：「我一貫的作風是什麼樣子的啊？」

曹豔笑笑說：「你湯少的作風一向氣勢凌人，不可一世，很男人啊。」

湯言聞言笑了起來，說：「我有那樣嗎？」

曹豔說：「你說呢？」

湯言心知自己確實是那個樣子，便笑了笑，沒有說話。

曹豔抱緊了他，說：「你今天是不是有心事啊？」

湯言身體僵硬了一下，他不喜歡身邊的女人問他太多的問題。

曹豔馬上感覺到了湯言身體的變化，知道湯言不喜歡了，趕忙說：「我也就是隨口問一下，你不想說，就不要說了。」

曹豔的體貼讓湯言多少被感動了一下，這個女人算是善解人意的，跟他在一起的這段時間，對他並沒有提出過什麼要求，只是小心的討好著他，雖然她比不上鄭莉，但也算是一個很少見的女孩了。

湯言便笑了笑說：「你說對了，我是有點心事，這一次的重組案明明各方面都安排的很好，可是我就是覺得哪裡有些不對勁。」

曹豔暗自竊喜了一下，湯言對她的發問不但沒發火，還主動說出了自己的心事，這說明湯言心中多少有點接受她了。

曹豔順著他的話說：「也許本來就沒事，是你求好心切，所以才會覺得有什麼地方不對勁了。」

湯言說：「你不懂的，這次跟我合作的人都有各自的心思，每一方的人物都不是善與之輩，雖然我已經安排好了，還是不得不小心一些，尤其是那個女人。」

湯言心中始終放不下對方晶的懷疑，他越想越覺得這個女人很不簡單，沒有弄明白這個女人的一切之前，他心中總是有道陰影。

湯言提到了女人，讓曹豔有些緊張，她沒有見過方晶，不知道方晶的身分，心想這女人該不會跟湯言有什麼瓜葛吧？

別的曹豔都能容忍，唯獨不能容忍湯言身邊再出現別的女人，她可不想只跟湯言做露

水夫妻，她想要的是長久的夫妻關係，這可要問清楚，便說：

「什麼女人啊？」

湯言知道她想到別的方面去了，見這個女人爲自己吃醋，他感到十分受用，便拍了拍曹豔的臉蛋，說：「你想到哪兒去了，我說的是一個有點難搞的合作夥伴。」

曹豔這才放下心來，便順口說道：「這應該不是問題吧，你湯少出馬，沒有女人不會……」

曹豔說到這裏，忽然想到上次湯言跟她發火的事，意識到自己說錯話了，心中暗罵自己不長腦子，怎麼哪壺不開提哪壺呢？

湯言看曹豔說了一半停了下來，不禁問道：「怎麼不說下去了？」

曹豔尷尬的笑了笑，說：「對不起啊，我又說了不該說的話了。」

湯言卻沒有追究，反而說：「沒事，我沒那麼脆弱，一句話都經不起。」

今天的湯言似乎溫柔了很多，讓曹豔感到有些意外，她看了看湯言的臉色，小心的說：「其實，我一直想問你上次說的情敵的事，是不是曾經有一個你喜歡的女孩子不喜歡你啊？」

湯言臉色陰沉了下來，說：「你今天的膽子可是越來越大了。」

曹豔趕忙陪笑說：「我只是有點小好奇，你不想說也可以的。」

不知道怎麼了，曹豔的小心翼翼，讓湯言竟然有幾分想要傾訴的欲望，便娓娓道來他和鄭莉的往事。

「說起來這件事也有些日子了，那是證券業一個前輩很欣賞我，說想把女兒介紹給我做女朋友。那個前輩是行內翹楚，我很尊重他，就去見了他女兒。」

曹豔說：「他女兒很漂亮嗎？」

湯言笑了笑說：「說不上很漂亮，但是很有味道，很有氣質。你知道，女人如果只是很空洞的漂亮，也許第一眼你會被她吸引，但是第二眼你就會覺得很乏味。鄭莉第一眼看上去絕對不是漂亮，而是有種清新脫俗的感覺，加上她是搞服裝設計的，衣著打扮得體，恰到好處的把她的氣質襯托出來。我當時就有一種感覺，這世界上怎麼會有這樣出色的女人呢？」

湯言的話讓曹豔知道了湯言念念不忘的這個女人名叫鄭莉，還是一個服裝設計師，她可以去網上搜尋一下。曹豔很想見見鄭莉本尊，看看這個能讓湯言一直念念不忘的女人究竟長什麼模樣。

曹豔笑說：「原來是一見鍾情啊。」

湯言苦笑了一下，說：「可惜是我單方面的感覺，人家並沒有看上我。」

曹豔恍然大悟說：「她看上的，就是你說的那個小官僚吧？」

湯言點點頭。

曹豔安慰說：「其實你也不用覺得怎麼樣，好女人不一定有好眼光，所謂的賴漢子娶花枝，說的就是這個意思。」

湯言有趣地說：「賴漢子娶花枝，這話有意思。」

曹豔說：「這是我家鄉的俗語，說的是有些男人雖然不出色，偏偏就能娶到出色的女人。我雖然沒見過那個小官僚，但想來他也不會出色到哪裡去。」

湯言笑笑說：「那個小官僚還可以，鄭莉的眼光並不差。這次重組，這個小官僚也攪了進來，現在我也不知道是福是禍啊。」

曹豔詫異地說：「你把他也攪進來了?這下子可熱鬧了。你不怕他跟你搗鬼嗎?」

湯言搖搖頭說：「首先，不是我把他攪進來的，是他們的領導安排他進來的；其次呢，就算他要跟我搗鬼，我也不怕的。」

曹豔用崇拜的眼神看著湯言，說：「這才是你啊，我就喜歡你這種不可一世的樣子，男人就是應該什麼都不怕的。」

有女人欣賞總是一件美事，湯言笑了笑，沒說什麼，眼神卻再度轉向了窗外。

其實他的心中並不是像他說的那麼篤定，原本湯言都算計好了，覺得找了呂紀，他在海川的行動必然會一馬平川，不受任何人的阻撓。但是萬萬沒有想到，海川市政府竟然跟

他玩工人鬧事這一手。

這就是人算不如天算的地方，現在這件事已經出現很多事先他沒預料到的狀況，這個重組案將來會往哪個方向發展，湯言現在已經沒有那麼能掌控局面的感覺了。

湯言心中隱隱有些後悔的意思，他本來是基於跟傅華鬥氣才入手這個案子的，雖然他事前大概評估過事情的風險和利益，但是終究沒有全面客觀地去分析，現在這些難以預測的事情出現，讓他開始覺得自己是不是太冒失了。

但是開弓沒有回頭箭，就算是感覺有些不對，湯言也不能放棄了，他的個性也不允許他放棄，特別是這件事還牽扯到傅華，他是絕對不會在傅華面前認輸的，因而也只有硬著頭皮做下去了。

第九章

海瑞和張居正

傅華說：「前段時間有人寫了篇文章，將海瑞和張居正做了一個對比，海瑞極清廉，卻對國計民生方面並無建樹；張居正一生驕奢淫逸，卻是明朝中興的救世名臣。您現在即將主政一省，您是想要海瑞呢，還是張居正呢？」

第二天，湯言剛到公司，湯曼就過來跟他說傅華來了。

湯言看了看自己的妹妹，湯曼這段時間表現的相當不錯，在公司做事有條有理，絲毫沒有那種大小姐的刁蠻作風，算是他的一個好幫手。

這也算是一個意外的收穫吧，上次去海川被圍，讓湯曼知道這個社會存在的風險，也知道了他這個做哥哥賺錢的辛苦，變得懂事多了。

湯言問：「他沒說來幹嘛嗎？」

湯曼笑笑說：「沒說，估計是爲了海川重機重組的事來催你的吧，我把他帶到了會客室，你要過去見他嗎？」

湯言說：「行，我過去見他。」

湯言去了會客室，傅華看到湯言來了，站了起來，說：

「湯少……」

湯言沒等傅華說完，就打斷了他，說：「直接說你來的目的吧，股市馬上就要開盤了，我沒時間跟你囉嗦。」

傅華知道湯言狂狷的個性，不以爲意，便笑笑說：

「是這樣，市裏讓我問一下湯少，框架協議達成已經這麼長時間了，你什麼時候準備跟我們正式簽約啊？」

湯言說：「就這件事啊，你可以打個電話來就行，沒必要跑這一趟的。我跟你說，傅主任，我們內部合作夥伴之間還有點分歧，我還在做說服工作，還需要等幾天。」

傅華質疑地說：「怎麼你們還沒商量好啊？市裏可是催過我幾次了，你們的合作夥伴都有誰啊？是哪一個對這個框架協議有不同意見？」

湯言看了看傅華，說：「這可是牽涉到很多方面的事情，我們當然要慎重一些了。至於合作夥伴都有誰，我想你查過新和集團的資料了，那裏面都有股東的身分，我就不再跟你囉嗦了。」

傅華聽了，不禁笑說：「新和集團的那些股東究竟是怎麼一回事，我想你比我更清楚，你搞了個離岸公司出來，不就是不想被我們追到源頭嗎？」

湯言沒好氣地說：「那你還問？」

傅華笑笑說：「你不說是你的事，我問問總沒犯什麼錯吧？」

湯言忍不住問說：「如果我告訴你，這裏面還有你的岳父大人，你要不要也去找他一下啊？」

傅華對鄭堅可能參與這件事並不意外，只是他和鄭莉還在跟鄭堅冷戰呢，只好笑笑說：「那還是算了吧。」

湯言說：「傅主任啊，鄭叔總是你的長輩，你低低頭又能怎麼樣呢？」

傅華說：「你這是勸我跟他和好嗎？」

湯言回說：「是，我是想勸你們和好。鄭叔雖然在我面前沒說什麼，但是我知道他那是硬撐的，他很疼小莉，你們跟他冷戰，他的心情是不會好的。」

傅華倒不是不想跟鄭堅和好，只是鄭堅那個態度讓人實在受不了，便說：「湯少，你不是急著要去看盤嗎？怎麼還不走啊？」

湯言莫可奈何地說：「你不用轉移話題，我希望你認真考慮一下，別讓小莉夾在中間難做，好嗎？」

傅華說：「好吧，我會想想怎麼去跟他和好的。你去忙你的吧。」

湯言說：「行，那我去看盤了。」

湯言走到門口的時候，傅華突然問道：「誒，湯少，那個鼎福夜總會的老板娘方晶，也是你們的合作夥伴嗎？」

湯言身子短暫的頓了一下，心說傅華是嗅到什麼了嗎？這傢伙竟然猜到方晶也是合作夥伴之一，真是好敏銳的嗅覺啊。

湯言沒有回頭，笑了笑說：「我已經跟你說過了，新和集團的資料裏面就有股東的名單，我不想再重複了。先走了。」說完就推開門離開了。

湯言短暫的一頓並沒有逃過傅華的眼睛，方晶果然是新和集團中的一份子，這個方晶

還牽涉到了市委書記莫克，他們的關係真是很複雜啊。

傅華出了會客室，正碰到湯曼，湯曼笑笑說：「傅哥，你要走了？」

傅華點點頭，說：「你哥急著看盤，沒時間跟我多聊。」

湯曼說：「傅哥，你別急啊，我哥有些事情還沒準備好，一旦準備好了，馬上就會啓動海川重機重組的。」

傅華笑笑說：「我沒急，就是市領導讓我來催一下。小曼，你不錯啊，在這裏能幫你哥不少忙吧？」

湯曼不好意思地說：「還可以吧，你不坐一會兒嗎？」

傅華說：「還是算了，我趕著回去跟領導彙報呢。」

傅華回到駐京辦，就打電話給金達。金達沒有接電話，傅華就知道他不方便接聽，也就沒再打過去。

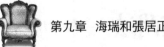

一個小時後，金達回電話來，說：「傅華，剛才在開整頓作風的會議，莫書記在講話，我不方便接聽你的電話。」

傅華笑了笑說：「看來我們又有新的精神要學習了。」

金達也不禁笑了，說：「年年都整頓，講來講去都那麼一套。你找我什麼事情啊？」

傅華說：「我遵照您的指示去找了湯言，問他什麼時候準備跟我們簽訂正式的合約，

他說他們那邊還沒商量好，一時半會兒還不行。就跟您彙報一下。」

金達聽了說：「這麼說，不是湯言對我們有什麼不滿了？」

金達看湯言回北京之後，遲遲不肯跟海川簽訂正式的合同，有些擔心湯言是不是對海川市政府有什麼不滿，所以才不肯簽約的。

傅華說：「我看湯言的態度，對我們並沒有什麼不滿，我想真的是他的準備工作還沒做好吧。」

金達放下心來了，笑笑說：「那就好。」

金達又說道：「傅華，我要提醒你，整頓作風這件事你可要特別加強落實，莫書記可是十分重視這個活動的。」

金達是怕傅華遠在北京，莫克很可能會拿傅華當做靶子，這樣既可以打擊金達，又能起到殺雞儆猴的作用，因此金達覺得有必要提醒一下傅華。

傅華笑了笑說：「您放心，駐京辦這邊一定嚴格按照規定，展開整頓工作的。」

金達說：「傅華，你沒聽明白我的意思，光按照規定去執行是不夠的，駐京辦必須做得更好。」

傅華愣了一下，說：「我不明白您的意思。」

金達解釋說：「我的意思很簡單，你想想就明白了，雲山縣孫濤的事，你知道了吧？」

傅華說：「那我當然知道了，孫濤不就是這一次整頓活動的源頭嗎？」

金達提示傅華說：「那你想想這次孫濤是怎麼被抓到的，你大概就知道我是什麼意思了。」

傅華知道孫濤事件的經過，聯想到駐京辦也是離海川很遠，市委對這邊的管控也相對較鬆，如果莫克出於跟抓孫濤同樣的心理，很可能會拿駐京辦開刀，便說：「我明白了，市長，我會充分重視的。」

金達結束了跟傅華的通話後，想了想，又把電話撥給于捷。

現在金達發現莫克是個很愛玩心機的人，對付這樣的人他並不擅長，他必須鞏固跟于捷的聯盟，利用大家的力量來對付莫克。

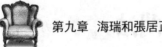

于捷接了電話，金達就說：「老于啊，我剛才認真想了想，越想越覺得莫克書記搞這次整頓工作很英明，也很有必要。我們應該在莫克書記的領導下，大力整頓工作作風，特別是對那些平常工作散漫、不拿紀律當回事的同志，一定要加強教育，徹底改掉他們的壞習慣。」

于捷對金達的話似懂非懂，但是他知道金達絕不可能跟莫克同一陣線的，那金達的話就是正話反說了，便笑笑說：

「市長啊，我跟您想到一起去了，我也覺得莫克書記發起整頓活動很英明，我很贊

同，我也提醒過像孫濤同志那種工作散漫的人，要他們好好反省，徹底改變作風問題。」

金達提醒說：「光反省是不夠的，這次整頓絕對不能流於形式，要有自省報告，這樣才能確保對這次的整頓活動有充分的認識和重視，不然的話，在抽查整改階段，這些同志可能就會很難過關了。」

于捷馬上就懂得金達在擔心什麼了，他是擔心莫克會利用抽查整改來拿一些不服從整頓活動的同志開刀，立即說：

「金市長，我明白您的意思了，您說的真是太對了，我一定提醒下面的同志，要按照您的要求去做，確保活動能夠收到最好的效果。」

金達看于捷明白了他的意思，便很滿意地說：「我們一定要盡力做好，確保莫克同志的一番苦心沒有白費。」

于捷呵呵笑了起來，說：「是啊，莫克同志的這份苦心一定不會白費的。」

北京，海川駐京辦。傅華正領著駐京辦的工作人員在學習這段時期中央以及省市發下來的公文。

傅華正在讀著公文，外面一個值班的工作人員走了進來，對傅華說：「傅主任，外面有人找您。」

傅華就把公文交給林東，讓他繼續領著大家學習下去，走出了會議室，就看到鄧子峰正站在他辦公室外面。

傅華趕忙迎了過去，笑說：「我是稱呼您鄧叔好呢，還是鄧省長好呢？」

鄧叔笑了笑，說：「你還是稱呼我鄧叔吧，聽起來比較親切。再說，省長的任命還沒公佈，你現在就稱呼我爲省長，我還真的不敢答應。」

傅華笑了，說：「那鄧叔裏面請。」

傅華把鄧子峰請進了辦公室，笑笑說：「您來這裏找我，有什麼事情嗎？」

鄧子峰接過傅華給他泡的茶，說：

「我明天就要到東海省出任東海省的代省長，所以今天過來看看你。怎麼樣，小傅同志，你是不是心裏已經後悔跟我打那個賭了？」

傅華笑了起來，說：「鄧叔，您別這麼自信，那個賭我還不一定會輸的。」

鄧叔說：「小傅同志，我倒是覺得你太自信了，我馬上就要出任省長了，要想徹底查辦雲龍公司還不是幾分鐘的事？」

傅華說：「我先恭賀您即將成爲東海省的新省長。但是我還是想奉勸您一句，別打這家雲龍公司的主意。」

鄧叔笑了笑說：「怎麼，你怕輸？」

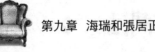

傅華說：「一百塊錢我還輸得起，而且我內心深處是盼望您能贏的，您能贏了我，說明這世界上還有那種爲了信念而活著的人。」

鄧叔笑笑說：「但我聽你話裏的意思卻是我根本贏不了。」

傅華說：「您先等一下，我給您看一個東西。」

傅華就去打開桌上的電腦，然後進入海川市政府的網頁，調出了海川市國土局對雲龍公司違規用地罰款五百萬元的決定，然後把電腦螢幕轉向鄧子峰，說：

「鄧叔，您看這是什麼？」

鄧子峰看完之後，愣了一下，說：「以罰代管，海川市政府的動作好快啊。」

鄧子峰抬起頭來看了看傅華，說：「你提醒過你們市長？」

傅華說：「鄧叔，我怎麼提醒啊，雖然南哥和曉菲都在我面前說過您可能成爲東海省的省長，但是這終究不是正式的任命，我總不能去告訴我們市長說，有一個可能成爲省長的人要查雲龍公司的事情吧？」

鄧子峰笑了笑說：「這倒也是。不過，這也不代表什麼，一個市政府的決定並不是最終的決定。」

傅華聽出鄧子峰似乎有繼續追究下去的意思，便說：

「鄧叔啊，我勸您還是不要抓住這件事情不放了，最起碼現在不要。我這可不是爲了

賭贏你，而是覺得如果您剛履新就動手辦這件事，會讓很多官員受到牽連，打擊面太大，對您並不利。」

鄧子峰點了點頭，說：「我也顧慮到這個。當初郭奎不動他們，是因爲不想在交班的敏感時期有太大的動作，我現在似乎也面臨著同樣的窘境。而且這個處罰一出，讓整個事態變得更爲複雜了。」

傅華說：「是啊，這個處罰決定雖然處理的不夠徹底，卻也是處分了，對各方也有了交代。您如果一上任就抓住這件事情不放，會讓東海省的官員們覺得您吹毛求疵的。」

鄧子峰說：「這就是這個處罰高明的地方，通過罰款，把一個不合法的事情變得合法了，時間點又掐算的正好，你們這個金市長很高明啊。」

傅華笑笑說：「我倒不覺得金市長能有這麼高明的政治手腕，估計是有高人點撥了。」

鄧子峰說：「我看過金達的履歷，他是被郭奎一手拉拔起來的，那這個高人應該是郭奎無疑了。」

傅華分析說：「這也不一定，金達在省政府搞政策研究的時候，呂紀省委書記已經是東海省的常務副省長了，呂紀很賞識金達提出的海洋戰略規劃，從側面提醒一下金達也是很有可能的。」

鄧子峰笑說：「你說的也很有道理。」

鄧子峰說著，拿出皮夾，掏出了一百塊錢，遞給傅華，說：「小傅同志，願賭服輸，這一百塊錢你收著。」

傅華怎麼好去收省長的錢，他推了回去，說：

「鄧叔，不管怎麼樣，雲龍公司的事件算是被處理了，應該說我們誰也沒輸，誰也沒贏，算是打平了。」

鄧子峰堅持說：「不行，我記得很清楚，我們當時可是賭說要徹底處理，現在這樣，怎麼說也不是徹底處理，我輸啦。行了，這錢我讓你拿著就拿著，再推辭，我就當你看不起我了。」

傅華笑說：「那我就收下了，話說我還從來沒贏過像您這麼大的領導的錢，這我可要好好保存著。」

鄧子峰看了看傅華，說：

「小傅啊，說起來我們也算是一見如故了，前些日子我托蘇南跟你說，想要你來省裏幫我，被你拒絕了。我想可能是讓人來找你談有點誠意不夠，所以今天我專程登門請你，你跟我去東海省政府吧，我一定會給你一個很好的位置的。」

傅華笑笑說：「鄧叔，真是很抱歉，謝謝您這麼賞識我，但是我已經習慣北京的生活，家也安在了北京，我不想破壞現在穩定的生活。」

鄧子峰搖了搖頭，說：「真是搞不懂你們這些年輕人啊。算啦，人各有志，你不想去，我也不能勉強你。」

傅華不好意思地說：「我真的沒有您想的那麼重要，我不過是政府機器中的一個零件而已，只能隨著機器的運轉而運轉，改變不了什麼的。」

鄧子峰笑笑說：「好了，你不用說那麼多了，這樣吧，我明天就要正式去東海上任了，你給我這個空降的省長點建議總可以吧？」

傅華忙說：「您要我給您建議？這要傳出去，怕是會被人笑死的，我算什麼東西啊，能給您這個省長什麼建議。」

鄧子峰卻說：「別在我面前裝謙虛了，有人說東海省現在的藍色經濟規劃，是以金達的海川海洋經濟規劃爲藍本的，而當初金達之所以能提出海洋經濟規劃，你在其中可是發揮了很大的作用。我看過東海的海洋經濟規劃，很多方面很有創意。小傅啊，你說，我接任了東海省長，要拿這個海洋經濟規劃怎麼辦呢？」

傅華說：「您真要聽我的意見？」

鄧子峰笑笑說：「反正我們這是閒談，你姑妄說之，我姑妄聽之。」

傅華點點頭說：「那我可說了。我個人認爲，您應該延續這個規劃，理由有三，一是這個規劃貼合了東海省海岸線長的實際情況，現在工業農業的發展在東海省已經到了一個

瓶頸，想要有什麼突破性的進展已不可能，東海省擁有這麼多的海洋資源，目前正是大有可爲的時候。」

鄧子峰說：「那第二呢？」

傅華接著說：「第二，這個海洋經濟的規劃，本來是由現任的省委書記呂紀提出來作爲全省的發展戰略的，您延續他這個規劃，在一定程度上會讓呂紀書記對您有好感，從而讓你們的關係可以處得很融洽。」

鄧子峰說：「可是這個海洋經濟規劃是呂紀的，我只是延續，會不會讓人覺得我這個新省長沒什麼作爲啊？」

傅華笑說：「這就是我說的第三點了，海洋經濟規劃是一個很大的筐，裏面可以裝很多你想要裝進去的東西。延續海洋經濟規劃，並不是說要止步不前，而是可以將海洋經濟規劃深化細化，從而做出與呂紀書記前面所做的事情不一樣的東西來。」

鄧子峰問：「你說的不一樣是指什麼呢？」

傅華說：「呂紀省長前面做的有點過於重視海川市的海洋科技園項目了，我不是說重視海洋科技不好，海洋科技是海洋經濟的基礎，重視是對的，但是把它抬到太高的位置，也會限制海洋經濟其他方面的發展。而且從東海省的實際狀況來看，一兩個海洋科技園項目就足夠了。比起海洋科技園項目，更重要的是海洋科技在東海省的推廣運用，科技成果

只有產業化，才能帶來最大的效益。」

鄧子峰聽了，不禁說道：

「你這個想法很有新意啊，不錯，回頭我會好好想一想的。不過，你這些話如果被你們市長聽到了，估計他可不會感激你的。」

傅華說：「金達市長其實是個很認真講原則的人，如果您問他對東海省海洋戰略的考量，我估計他的答案應該跟我差不多。」

鄧子峰笑了笑說：「講原則還會出現雲龍公司這種事？」

傅華持平地說：「其實金市長也很難做，上面制定了許多的規則，這樣不許，那樣不行的；另一方面卻又訂下了很高的GDP指標，沒有完成的話，他們的政績考核將會很差。這等於是兩頭爲難，他們不想點變通的辦法又怎麼行呢？前段時間有人寫了篇文章，將海瑞和張居正做了一個對比，海瑞極清廉，卻對國計民生方面並無建樹；張居正一生驕奢淫逸，卻是明朝中興的救世名臣。您現在即將主政一省，就您來說，您是想要海瑞呢，還是張居正呢？」

鄧子峰笑了，傅華這個問題看似簡單，其實是很難回答的。作爲一省之長，他必須向中央、向大眾交出一張很好的經濟成績單，不然的話，他這個省長在這個經濟掛帥的年代將會被視爲無能。然而如果選擇張居正的話，成績單是有了，但是社會風氣必然爲之大

壞，所以張居正也不是一個好的選項。

鄧子峰心有所感地說：「小傅啊，我想我明白你的意思了，你是想要我不要求全責備，對吧？」

傅華笑笑說：「這世界畢竟是沒有完人的。曾經有人說過一個笑話，說有一個人一生嚴格自律，什麼惡習都沒有，近乎完人；另一個吃喝嫖賭，什麼爛事都做過，讓您選一個做領導人，您會選誰呢？您一定會說選那個完人。但是我如果告訴您，那個完人就是希特勒，而那個什麼爛事都做過的人是邱吉爾，您又會選誰呢？」

鄧子峰呵呵笑了起來，再也沒說什麼。

在東海省全省幹部大會上，公佈了新的職務任免決定，呂紀的省長職務被免掉了，由鄧子峰出任東海省省委副書記、代省長。

孟副省長坐在主席臺上，臉色淡然，這是一個他早就知道了的結果，現在正式公布，他心裏雖然並不好受，但是已經多少能接受一點了。

大會結束後，已是中午，孟副省長陪同呂紀、鄧子峰一同宴請了送鄧子峰來上任的中組部領導，參加宴會的都是很高級別的人，說話、喝酒分寸拿捏得恰到好處，所以宴會很平和的結束。

送走中組部領導之後，孟副省長並沒有回省政府，而是直接回家，把自己關在書房裏，很長一段時間不肯出來。

他心中實在是悶得慌。在會議和宴會上，他必須要裝出不在乎的樣子，回到家，他就不需要活得那麼累了。

這也難怪孟副省長鬱悶，按照他的年紀，如果能夠接任省長，他是可以幹上兩屆的。但是鄧子峰這麼一插隊，他的省長夢基本已經沒戲了。

省部級官員的退休年齡，省部級黨政正職是六十五歲，任期未滿的可延期三年，所以大多是六十八歲；省部級副職雖然也是六十五歲，但六十歲以後就要安排在人大、政協等二線了。

孟副省長今年五十六歲，現在接上省長，因爲省部級正職有延期的規定，他可以幹滿兩屆再退下來；但是鄧子峰現在接了省長，就算鄧子峰只能幹上一屆，那個時候他也過了六十歲，只能到政協或者人大去養老，想都不用想省長這件事了。

孟副省長在仕途打滾幾十年，爲的就是能夠做到封疆大吏。現在一步錯失，半生的努力就將付諸流水，怎麼能不讓他鬱悶呢？

這時，門被敲了一下，孟副省長惡狠狠地吼了一嗓子：

「誰都別來煩我，滾一邊去。」

門外的人並沒有被孟副省長的吼聲給嚇走，還是打開了門。

孟副省長以爲是自己的老婆，剛想罵人，抬頭卻看到孟森陪笑著站在門口，罵人的話就咽了回去，說：「是你啊，小孟。什麼時候來了？」

孟森笑笑說：「剛來。阿姨說您關在書房裏有一會兒了，就讓我來勸勸您。」

孟副省長說：「婦道人家知道什麼啊，還讓你來勸我。我沒事，你坐吧。」

孟森乾笑了一下，坐到孟副省長的對面，說：「其實您才是東海省省長的最佳人選，那個鄧子峰算什麼?他哪有本事幹好東海省省長啊。上面不選您，是他們的損失。您就不要跟他們一般見識了，氣壞身子就不值得了。」

孟副省長沒好氣的說：「行了行了，別說這些廢話來安慰我了，沒用的。就說你來找我是幹什麼的吧？」

孟森從手包裏拿出了一個紅布囊，遞給孟副省長，說：「我來是給您送這個驅鬼符的，這是我特地從海平那邊的無煙觀求來的。」

孟副省長這才想起他跟孟森做了一個同樣的噩夢，覺得是被怨鬼纏身，吩咐過孟森想辦法解決。

孟副省長接過了紅布囊，問道：「這要怎麼用啊？」

孟森說：「無言道長說貼身帶著。」

孟副省長翻看了一下，說：「這好用嗎？」

孟森點點頭說：「我試驗了一下，很好用，那個女人再沒出現在我的夢中。」

孟副省長把紅布囊收了起來，說：「唉，最近這些倒楣的事都湊到了一起。誒，你沒跟道士說這個符是爲我求的吧？」

孟森趕忙否認說：「哪能啊，我就是說我的一個朋友。」

孟副省長說：「那你是怎麼跟那個道士說的？」

孟森說：「其實我也沒跟道士講多少，都是道士自己測出來的。」

孟副省長愣了一下，說：「他自己測出來的？怎麼回事啊？」

孟森就講了那天測字的經過，不過他並沒有講問孟副省長能不能升上省長這件事，如果說了，孟副省長說不定會遷怒說都是被他測字害到，所以才沒當上省長的。

孟副省長聽完，愣了一下說：「真有這麼靈驗？」

孟森說：「我也很驚訝，這件事我從未對任何人說過，除了你我之外，不會有第三個人知道，道長居然能夠說的那麼精準，實在是令人佩服。」

孟副省長瞅了孟森一眼，說：「草莽之中也有奇士啊，誒，東濤既然當時也在場，他一定會猜到事情的原委的。」

孟森說：「我猜他知道了，不過您不用擔心，他是老江湖了，知道什麼該說，什麼不

該說的。」

孟副省長嘆了口氣，說：「我倒不是擔心他，只是我最近真是衰神附體，什麼事都不順，我是怕再出什麼紕漏。現在鄧子峰剛到任，如果被他聽到了一些風吹草動，我想他一定不會放過這個整我的大好機會的。」

孟森說：「我會囑咐東濤要小心些的。不過，您也無須要這麼擔心吧，東海省可是您的地盤，您在這邊的根基多深啊，鄧子峰想要跟您鬥，怕是很難。」

孟副省長心裏苦笑了一下，心說；什麼叫東海省是我的地盤啊，我如果沒有能力分配利益給下面的幹部們，瞬間這個地盤就不是我的了。以前我在東海省之所以能呼風喚雨，是因爲大家都以爲我能夠接任東海省的省長，但是現在鄧子峰搶走了這個省長的位置，人們對我的美好預期已經破滅了，他們不會繼續圍繞在我的身邊，這塊地盤將不再是我的，而是鄧子峰的了。

孟副省長淡淡地說：「你們小心些就對了，我看那個鄧子峰並不好鬥，你們要是惹出什麼事情來，我不好出面。」

孟森說：「我明白，我們會小心些的。」

孟副省長說：「誒，你說的這個無言道長，是常年待在無煙觀嗎？」

孟森看了孟副省長一眼，說：「您對他感興趣？」

孟副省長動心地說：「他既然這麼靈驗，我也很想跟他聊聊，看他對我有沒有什麼好的建議？」

孟副省長心說：看看這個無言道長能不能想辦法幫我祛除衰神，讓我重拾往日的聲勢。

孟森說：「如果您想見他，我倒是可以安排一下。只是不知道您想在什麼地方見他？」

孟副省長嘆了口氣，說：「鄧子峰剛到任，上上下下肯定對我和他的行蹤都會十分注意，我現在是一動不如一靜，你想辦法安排他來齊州吧。到齊州之後，也不要直接帶給我，另外安排一個賓館。記著，也不要讓他穿著道袍什麼的招搖過市，太顯眼了，我不想讓人知道我在這時候去接觸一些宗教人士。如果被人知道了，又會有一大堆的閒話出來的。」

孟森點了點頭，說：「我會注意的。」

省政府，省長辦公室，鄧子峰和曲煒正坐在一起交談。

本來呂紀有意將曲煒安排到省委任秘書長的，但是省委那邊有秘書長了，這個位置並沒有空出來，而且省委那邊的秘書長是郭奎的人馬，呂紀不好在郭奎一離開東海省就去動這幫人，於是曲煒就只好暫時留任省政府秘書長。

曲煒正在向鄧子峰詢問關於辦公室裝修、秘書安排，以及生活上有沒有需要特別安排

的地方，作爲省政府秘書長，他就是這個省政府的大管家，因此必須安排好省長生活上和工作上的一切事務。

但是鄧子峰似乎並沒有耐心聽曲煒講完這些細節，他擺了擺手，說：「曲秘書長，你不用跟我談得這麼細，我這個人生活細節上很隨意的，不需要什麼特別的安排，現在這個辦公室已經很不錯了，無需做什麼改動。至於秘書的安排，我相信你的眼光，你當初不就是用了一個很好的秘書嗎？所以你來安排好了。」

曲煒愣了一下，鄧子峰三句話就回答了他全部的問題，簡明扼要，頗有當初郭奎的作風。

這樣的領導既好伺候，又不好伺候。好伺候的是，只要你做對了事，無需多言，他就會對你很滿意。不好伺候的是，這種領導通常對下屬的要求都很高，而且還不會跟你囉嗦一大套，解釋他的意圖，你必須馬上就能領會他的意圖，盡力達到他的要求，他才會真正的滿意。

剛才鄧子峰說他用過一個很好的秘書，似乎意有所指，但是曲煒不知道鄧子峰所指的這個人是誰，這可是需要趕緊弄清楚，不然，領導剛來他就誤解了領導的意思，那就不好了。

曲煒笑了笑說：「省長，您說我用過一個很好的秘書，不知道是指誰啊？」

鄧子峰說：「我來東海之前，在北京去過海川駐京辦，那個駐京辦的主任傅華原來不是你的秘書嗎？」

曲煒說：「您是說他啊。」

鄧子峰笑笑說：「那個年輕人很不錯，我跟他聊了一下，發現他在很多方面都有很獨到的見解。當初你能讓他做你的秘書，也是慧眼識人，可惜當初你沒把他用起來，卻把他放在了駐京辦那種地方，沒能人盡其才啊。」

曲煒沒想到鄧子峰竟然這麼賞識傅華，笑了笑說：「我何嘗不想人盡其才啊，只是您跟他聊過，便知道傅華是個很有主見的人，他認定的事，你很難去改變它，駐京辦那裏還是我勉強才把他留在那的。」

鄧子峰聽了，點點頭說：「這個人的確有些倔強，本來我想邀請他來省政府工作，卻被他堅拒了。」

曲煒笑笑說：「這我相信，這種事他是會幹的出來的。」

鄧子峰說：「我覺得很是惋惜啊，以他的學識，如果肯來省政府，會是你我一個很好的幫手，可惜人各有志，我也不好太勉強他。」

曲煒說：「這就是傅華個性的另一面了，他其實是有些惰性，往往習慣了一個環境，就不太想去改變它。」

鄧子峰聳了聳肩說：「他不來，我這個省長還是需要做下去，曲煒同志，我在東海這邊很多方面還不熟悉，今後還需要你多多幫忙啊。」

曲煒此時才明白鄧子峰爲什麼提及傅華了，傅華是他們都很賞識的人，所以提到他可以立即拉近彼此的距離，爲他們後續的合作打好基礎。

鄧子峰是從嶺南省空降到東海省的，在東海省毫無根基，拉傅華來東海省政府工作也好，跟他套交情也好，都是爲了建立他自己在東海省的人脈基礎，看來這鄧子峰也是有備而來的。

曲煒便笑笑說：「省長您客氣了，您放心，我這個秘書長一定會配合好您的工作的。」

鄧子峰說：「我看過你的履歷，你在海川做市長的時候，工作很有成績，也很有魄力，可惜因爲個人因素才轉任了秘書長。」

曲煒臉紅了一下，說：「當初是我一時糊塗。」

鄧子峰笑笑說：「你不用不好意思，人非聖賢，孰能無過，誰也不能保證自己不犯錯，轉任秘書長其實也不錯啊，我們正好攜手，共同在東海省做出一番成績來。怎麼樣，有信心嗎？」

曲煒的熱血被鄧子峰激了起來，彷彿又回到他做海川市市長的時候，他大聲說：「有信心，我有信心配合好省長，做好省政府的工作的。」

鄧子峰滿意地點了點頭，說：「那就讓我們共同努力吧。」

兩人又聊了一下省政府的情況，鄧子峰顯得很坦誠，對很多問題直截了當說出自己的看法，絲毫沒有顧忌曲煒曾經與呂紀配合多年，完全拿他當自己人看待的意味。

這種信任是在官場上很難得的，鄧子峰這種做法，不但是對曲煒的坦誠，也是在對呂紀坦誠，他這些話實際上也就是說給呂紀聽的。這樣一來，自然會打破呂紀對他的心防。

這個鄧子峰真是十分高明啊，曲煒暗自在心裏豎起了大拇指，難怪上面會選他來東海做省長，他確實是比孟副省長高明許多。

曲煒很高興有這樣一位高明的領導，本來他還以為新省長到任，他這個呂紀用起來的人，夾在省長和省委書記之間會很難做事，現在看來，這個擔心是不必要了。

曲煒在省政府這幾年幾乎是夾著尾巴在做人，什麼事情都得小心謹慎，身上的銳氣也幾乎被消磨殆盡了，現在他又重新燃起了對未來的熱情。

曲煒是臉上帶著笑容回到自己辦公室的，秘書過來給他倒茶，笑著說：「秘書長，您今天的心情很好啊。」

曲煒愣了一下，說：「有嗎？」

秘書說：「當然有了，您臉上的笑容多燦爛啊，我跟您工作了這麼長時間，還是第一次看您這麼開心呢。」

曲煒意識到自己有些失態了，這種雀躍的表情是不應該出現在省政府這種沉悶的地方的，與這個環境有些格格不入；再說，新省長跟他談完話後，他就表現的那麼高興，呂紀會怎麼想他啊？

曲煒看了看秘書，說：「別瞎說，我看到同志們當然要面帶笑容啦，你這麼說，是不是覺得我以前對同志們的態度很不好啊？」

這一刻，曲煒又恢復到了原來謹小慎微的狀態中去了。

秘書看到曲煒表情又嚴肅了起來，就有點尷尬的說：「沒有，秘書長，您對同志們的態度一向都是很好的。」

秘書小心翼翼的退了出去。

曲煒暗自苦笑了一下，每一個官場的角色實際上都是被定型的，要想突破它，真是很難，這大概就是爲什麼傅華不願意深度介入官場的原因吧。

回復到冷靜狀態的曲煒，心中對他剛才的表現感到很好笑，他也算是在政壇打滾多年的老手了，大風大浪都經歷過，怎麼被鄧子峰小小的這麼一煽動，就有點忘形了呢？是鄧子峰的煽動能力太強，還是他的心開始靜極思動了呢？

官場上有些東西是很奧妙的，你必須建立自己的人脈，也就是說，你對上必須選擇跟某些人站到同一陣營之中；而對下，你也要看誰跟你站在一起。這樣才會上面有人扶持

你，下面有人支持你，才能在官場上站穩腳跟。

曲煒很明白自己身上是打著呂紀烙印的人，什麼事情他都必須先考慮到呂紀，然後才能是其他人，所以就算鄧子峰對他表現的很友善，他也不能立刻表現出傾向於鄧子峰的態度，否則就會招致呂紀的反感。一旦呂紀對他反感，他的仕途可能就會到此完結了。

因此，雖然曲煒很喜歡鄧子峰的做事風格，但是他還是需要擺正自己的位置，跟鄧子峰保持一個適當的距離。

作爲呂紀的人，他必須更深度的去瞭解鄧子峰這個人，這樣呂紀在跟鄧子峰相處的時候，才能更好的掌握住局面。這才是呂紀期望他這個秘書長能幫他做的。

想到這些，曲煒就對傅華有些不滿意了，

就像他身上打著呂紀的印記一樣，傅華的身上也是打著他曲煒的印記的，怎麼他已經接觸過鄧子峰了，卻對他隻字未提呢？

曲煒就抓起電話，直接撥給傅華。

第十章

新任省長

現在他最急需要解決的是跟孟副省長的關係，以及自己來東海省的第一步要做什麼，
既然海川市已經無法切入了，鄧子峰覺得自己索性去基層看看，
實地瞭解一下東海省的狀況，也是他這個新任省長應該做的本分。

傅華很快接了電話。

「市長，找我有事？」

曲煒說：「你在幹嘛，說話方便嗎？」

傅華笑笑說：「我在辦公室整理學習筆記呢，沒有別人，說話很方便。」

曲煒愣了一下，說：「整理學習筆記？什麼學習筆記啊？」

傅華回說：「是海川市委開展的整頓作風活動的學習筆記。按照市委的要求，我們需要將學習的東西記成筆記，我現在正好沒事，就整理一下。」

曲煒不禁說道：「莫克這傢伙就愛搞這些形式上的東西。」

傅華嘆說：「沒辦法，上面讓我們搞，我們就必須要弄的。誒，市長，您找我什麼事啊？」

曲煒說：「我找你是想興師問罪的，你這小子，真是不夠意思啊。」

聽曲煒說要興師問罪，讓傅華有點緊張，趕忙問道：「市長，是不是我什麼地方又做錯了？」

曲煒笑了笑說：「不是你什麼地方又做錯了，而是你跟新省長搭上了關係，卻跟我都不說一聲，是不是搭上了大領導，就不認我這個老長官啦？」

傅華趕緊解釋說：「原來您是說這個啊，我也是昨天傍晚才確知鄧子峰要出任東海省

省長的，我想他跟您第二天就要見面了，就沒必要再跟你說什麼了。」

曲煒抱怨說：「什麼叫沒什麼必要啊？他是省長，是我要服務的對象，你事先跟我說一聲，我心裏也好有個準備啊。」

對曲煒的責怪，傅華只好笑笑說：「不好意思啊，是我沒想到這些。」

曲煒知道傅華並不是刻意不告訴他他跟鄧子峰的關係，就不再責怪他，好奇地問說：「誒，傅華，你是怎麼跟鄧省長認識的？以前怎麼沒聽你說起過這個人啊？」

傅華說：「我也是最近才認識鄧省長的，是振東集團的蘇南介紹我們認識的，當時我只知道鄧省長是蘇南父親的老部下，並不知道他會成爲東海省的省長。」

曲煒聽了說：「這麼說，蘇南是故意介紹他給你認識的囉？」

傅華說：「是的，據我看，鄧省長是想多瞭解一些東海省的情況。」

曲煒心說；鄧子峰原來也事先做了功課的，竟會想到透過一個駐京辦主任來瞭解東海省的狀況。現在高層官員受的拘束很多，他們的看法，往往會流於官僚化，而基層官員的視角就大大不同了，他們往往會說出比較接近真實的看法，尤其是在傅華還不知道鄧子峰會出任東海省省長的前提下。

曲煒就有些擔心傅華了，問道：「你沒跟他說一些不該說的話吧？」

傅華心虛了一下，他還是說了一些不該說的話，特別是關於雲龍公司和金達的事，如

果讓曲煒知道，一定會罵他的。

傅華不敢隱瞞，只好老實說：「我當時沒想到他會成爲東海省的新任省長，只是拿他當跟蘇南一起來吃飯的朋友。」

曲煒趕緊問道：「你都說了些什麼？」

傅華說：「我當時跟金達鬧意見，就把金達和雲龍公司的事情說了，我當時只是想向蘇南訴苦才說的。」

曲煒不禁說道：「你說者無意，人家卻是聽者有心啊。你啊，真不知道該說你什麼好，這件事我不是說不讓你管了嗎？你怎麼還是放不下啊？如果鄧省長要拿這件事情開刀，我看你在海川還怎麼立足啊？」

傅華苦笑了一下，說：「我當時只是發發牢騷而已。」

曲煒教訓說：「以後在不知道對方的真實身分的情況下，這種牢騷你少給我發。」

傅華知道曲煒教訓他是爲他好，便笑了笑說：「我知道了。」

曲煒又說：「你知不知道鄧省長準備拿這件事情怎麼辦？」

傅華說：「我想他是不會怎麼辦的，雖然他對這件事情很有看法，但是海川方面已經做了防火牆，他對此也是無可奈何的。」

曲煒說：「這麼說，鄧省長已經知道海川市政府對雲龍公司罰款的事了？」

傅華說：「是啊，他覺得是以罰代管，並不滿意這種方式，但是他也知道如果他要出手查這件事，打擊面會太大，並不適合一個剛上任的省長去做的。」

看來鄧子峰還是一個懂得取捨的人，知道做事要選擇時機，曲煒便笑笑說：「聽起來你跟鄧省長聊得很深啊，連這個層面都聊到了。」

傅華說：「不是我想聊這麼深，而是他想瞭解這些。您現在也見到他的本尊了，應該知道他是一個很有主導性的人，很善於主導別人跟隨他的思路走。」

曲煒心說這倒是，我跟他才聊了一會兒，就被他弄得熱血沸騰，連我這種功力的人都扛不住，更別說傅華了。

曲煒說：「是啊，鄧省長的這種魅力我已經感受過了。傅華，我聽鄧省長說，他想請你來省政府工作，卻被你拒絕了，跟我說說你對鄧省長的看法吧？」

傅華想了想說：「我感覺鄧省長是個很理想主義的人，他認爲我應該挺身而出，爲這個社會多做一點事情。」

曲煒說：「他跟我說了，他對你拒絕他的邀請很是失望。」

傅華笑了笑說：「有您和鄧省長這樣的人挺身而出就夠了，我就不湊熱鬧啦。我覺得這個鄧省長很懂得權衡取捨，十分務實，就像雲龍公司的事，他雖然不滿意，仍能放到一邊，不去管它。市長，我相信這樣一個人去做東海省的省長，您這個秘書長的工作會輕鬆

很多的。」

曲煒笑了，說：「怎麼，你還想幫我下判斷啊？」

傅華笑笑說：「那倒不敢，隨口說說罷了。」

曲煒嚴肅的說：「算你乖巧。以後如果鄧省長再跟你有什麼接觸，你說話要謹慎些，相關的情況也要及時跟我彙報，知道嗎？」

傅華說：「我知道了，市長。」

曲煒又交代說：「還有啊，既然鄧省長不準備去管雲龍公司的事，這件事你就不要再提了，尤其是在金達面前，你老抓著這件事情不放，會讓金達反感的。」

傅華說：「我知道了，市長，以後我絕口不提這件事了。」

曲煒看看自己想要瞭解的事也瞭解的差不多了，就說：「那就這樣吧。」

傅華搖了搖頭，把電話放了下來。曲煒跟他說了半天話，這兒不行，那兒不許的，小心謹慎到了一個誇張的程度，這讓他有些失望，以前那個能夠激勵他，鼓舞他，有魄力的曲煒再也見不到了。

幸好自己沒答應鄧子峰去省政府，否則到時候變得跟曲煒一樣，那豈不是糟了。

送走曲煒之後，鄧子峰並沒有露出高興的樣子，相反，他顯得有點心事重重。

東海省是一個大省，在全國各方面成績都是排前幾位的，在得知中央有意讓他來東海主政的時候，他心裏既興奮又惶恐。

興奮的是，能夠主政這樣的大省，對一個政治上很有抱負的人來說，是夢寐以求的，這樣大的一個舞臺讓他來施展抱負，說明了中央對他的信賴，也肯定了他的工作能力。

惶恐的是，他還從未接觸過東海省的工作，他不知道自己能否擔負起這個重任？

最後，他跟中央提出希望給他一點時間認真想一想，中央同意了他的要求，讓他全面的瞭解和思考一下，再做出決定，於是鄧子峰開始積極地著手瞭解東海省的各方面情況，他找蘇南帶他去見傅華也是其一。傅華確實讓他瞭解到很多東海省的狀況，也讓他有了一些展開工作的思路。他把這些思路跟中央彙報後，受到了中央的肯定，於是中央最終決定由他來出任東海省省長。

一開始，他對來東海省信心滿滿，以爲抓住海川市作爲切入點，就可以在東海省打開局面。

但是等鄧子峰真正的踏上這片土地，才明白他面臨的局面比想像中的更爲艱難。

他見到了競爭對手孟副省長，孟副省長跟他握手的時候雖然臉上帶著笑容，但是他可以感受到，這個笑容中含有很多別的含意。

如何能化解兩人因爲競爭同一職務而形成的心結，是他目前最需要解決的問題之一。

見到曲煒的時候，鄧子峰心裏是有點小失望的，傅華那麼出色，賞識拔擢他的人應該更出色才對，但是曲煒給他的感覺卻是小心得過了頭，跟他想像中的樣子有很大的差距。

另一方面，鄧子峰也並沒有因爲曲煒跟他談得投機，就完全信任曲煒，曲煒畢竟跟了呂紀很多年，明顯是呂紀的人，這樣一個人做他的秘書長，讓他很是彆扭，就好像身邊多了一雙呂紀的眼睛，隨時在盯著他一樣。

現在他最急需要解決的是跟孟副省長的關係，以及自己來東海省的第一步要做什麼，既然海川市已經無法切入了，鄧子峰覺得自己索性沉潛到基層去好了，去基層看看，實地瞭解一下東海省的狀況，也是他這個新任省長應該做的本分。

鄧子峰決定專程找孟副省長談談這件事，一方面對孟副省長表示尊重，另一方面也可以借此跟孟副省長熟悉一下，化解兩人的尷尬。

第二天一早，鄧子峰就打電話把孟副省長叫到了他的辦公室。

孟副省長一進來，鄧子峰就立即熱情的跟孟副省長握了握手，說：「老孟啊，來，坐坐。」

鄧子峰把孟副省長讓到了沙發上，坐定後，鄧子峰說：「老孟啊，您是老東海了，我還只是一個新丁，對東海什麼情況都不熟悉，今後您可要多多指點我啊。」

鄧子峰把身架放得很低，讓孟副省長心裏多少舒服了一點，心說：這姓鄧的還算會做

人，知道尊重他。

既然這樣，孟副省長也不好太拿蹺，就笑笑說：「省長這話說得客氣了，中央讓您來主持東海省的工作，說明您的能力絕對勝任這個職位，我作爲您的副手，一定會按照中央的部署，配合好您的工作的。」

鄧子峰卻謙虛地說：「我什麼情況都還不熟悉，真的怕犯什麼錯誤，你可一定要多多提點我啊。」

孟副省長說：「提點說不上，省長如果需要瞭解什麼情況，問我就好了。」

鄧子峰說：「我想下基層走走，老孟，您熟悉東海的情況，您覺得我應該從什麼地方開始呢？」

孟副省長愣了一下，心說：這個鄧子峰一來什麼事情都還沒做，就要去走走基層，熟悉下面的情況，這傢伙做事很有一套啊。

孟副省長心中暗自盤算了一下該如何安排這個線路，顯然鄧子峰走基層是不會光看不說，什麼事都不做的。他肯定是帶著考察調研的目的下去的。孟副省長就不想讓鄧子峰去自己嫡系部下主政的縣市，如果鄧子峰去那邊的話，很容易就會發現一些問題的。

應該讓鄧子峰去看看呂紀這些年扶持的縣市，那樣如果鄧子峰發現了什麼問題，也是鄧子峰跟呂紀之間的事。最好是跟呂紀產生嫌隙，那他才高興呢。

孟副省長便笑了笑說：「省長這次是想看什麼呢？」

鄧子峰說：「我就是想下去看看，熟悉一下情況，沒有什麼特定的目標。」

孟副省長聽了，就建議說：「那您就走走濱海一線好啦，東海在呂紀書記的宣導下，大力發展海洋經濟，濱海一線的海川市、海青市、臨海市還有聞海市，這幾年經濟發展的都很不錯。您去走走這些城市，也可以感受一下我們東海省海洋經濟發展的整體脈動，體會一下呂紀書記當年在做省長時對全省的一個發展思路。」

鄧子峰看了孟副省長一眼，他感受到孟副省長讓他走濱海一線是別有用心的安排。他如果看到什麼問題，礙於呂紀的面子，便不好做出什麼批評；但是這樣，海川政壇的人一定會認爲他這個新任省長沒什麼魄力，只會給省委書記唱讚歌，發現了問題都不敢處理。那樣，他這個省長下車伊始開的第一槍就已經啞火了。

鄧子峰便說：「我看過這幾個城市的資料，各方面都發展的不錯，如果我下去光看這些比較好的城市，那些落後的縣市可能就會對我這個省長有意見了。我看是不是這樣，選幾個比較好的城市，然後再選幾個經濟欠發達的城市，摻合到一起，也能讓我對東海省經濟的發展狀況有一個比較全面的瞭解。」

孟副省長見鄧子峰並沒有上他的當，心裏未免有點失望，心說這傢伙一定是看出他的用心啦，什麼摻合起來一起看，才能對東海經濟有全面的瞭解，這傢伙根本就是狡猾，他

不想把板子打在呂紀扶持的那些縣市身上，才會想要找一些落後的縣市去看。

孟副省長表面上卻附和說：「這倒也是，要想全面瞭解東海經濟，也不能光看經濟發展好的，也需要看一下落後的縣市才對。」

鄧子峰笑笑說：「那你覺得那些比較落後的縣市，我應該去看哪幾個呢？」

孟副省長看鄧子峰把路線的決定權交給他，忽然回過味來，鄧子峰的用意，也許不是真的要詢問他路線該怎麼走，而是想要透過這個，知道下面哪個縣市是他不想讓鄧子峰去碰的。這傢伙是想藉由這個來摸他的底啊！

孟副省長暗罵鄧子峰陰險，看來這個路線的擬定還不能隨隨便便，他現在摸不清鄧子峰的真實意圖，既然這樣，那就要跟鄧子峰玩一下虛則實之，實則虛之的手法了。

孟副省長就說：「東海省經濟比較發達的地區都在濱海一線，而那些內陸的縣市，經濟相對比較落後，省長您只要在內陸那些縣市隨便選幾個走走就行了，它們的情況都是大同小異的。」

孟副省長索性不去點名，讓鄧子峰自己去選，他要看看鄧子峰會選哪幾個城市。

鄧子峰站了起來，他身後就是一幅東海省的大地圖，他走到地圖前，在上面尋找著內陸的縣市。

孟副省長看鄧子峰的手指在地圖上的幾個縣市間比劃著，心裏有些緊張。他擔心鄧子

峰會選他下屬的那些縣市。這次中央選擇鄧子峰而非他出任東海省省長，他這方的士氣已經很低落了，如果鄧子峰在這個時候來個痛打落水狗，那他真是要傷上加傷了。

鄧子峰似乎也瞭解孟副省長的心思，他在地圖上比劃了一下，說：「濱海一線，我想走一下海川和臨海，內陸縣市，我就去看看應州和東莊吧。老孟啊，您看怎麼樣？」

孟副省長鬆了口氣，也不知道鄧子峰是不是故意的，最終沒有選擇他所主政的城市。

孟副省長笑了笑說：「這幾個城市很有代表性，位置又接近，省長，您選得很好啊。」

鄧子峰看出孟副省長有鬆了口氣的感覺。鄧子峰看過孟副省長的履歷，心裏很清楚哪些縣市是孟副省長任職過，肯定有孟副省長扶植的勢力，因此在選擇路線的時候，他刻意避過了那幾個縣市。

現在還不是跟孟副省長硬碰硬的時候，他還立足未穩，需要講求一些策略，因此鄧子峰只能選擇避開。

孟副省長離開後，鄧子峰把曲煒叫了過來，把選定的縣市名單交給曲煒，說：「曲秘書長，我準備下去走走，這幾個城市是我和孟副省長商定好的，你看是不是擬個計畫出來。」

曲煒看名單上第一個城市就是海川市，心裏緊張了一下，他跟傅華聊過，知道鄧子峰對雲龍公司違規占地搞高爾夫球場的事很不滿，鄧子峰這次又把海川列爲下去的第一站，

難道鄧子峰還是想查辦雲龍公司嗎?

曲煒心中有些爲難,他不能開口勸阻鄧子峰,但是如果鄧子峰真要拿金達開刀的話,那首先就會觸怒呂紀。金達是呂紀和郭奎一手樹立起的標桿,鄧子峰處理了金達,呂紀是一定不會高興的。

曲煒看了看鄧子峰,試探地說:「省長這次準備去海川啊?」

鄧子峰看了曲煒一眼,他估計昨天跟曲煒提到傅華,他一定會跟傅華聯繫的,那曲煒就應該知道他對雲龍公司不滿,此刻曲煒故意提起海川,估計是想提醒他,不要去碰海川的事。

鄧子峰笑笑說:「去海川是孟副省長建議的,孟副省長說,讓我去濱海一帶走走,感受一下我們東海省海洋經濟發展的整體脈動,也體會一下呂紀書記當年在做省長時的發展思路。」

曲煒馬上就明白孟副省長這麼建議的用意,便說:「原來這是孟副省長的意思啊。」

鄧子峰說:「是啊,我聽了這個建議後,覺得雖然很好,但是有些地方還是有失偏頗,孟副省長的建議只讓我看了東海省發展比較好的城市,一些相對落後的地區並沒有包含其中,這樣我對東海省的經濟瞭解得似乎不夠全面。所以就跟孟副省長又商量了一下,最後確定地理位置比較緊湊的這四個城市,這樣子行程也好安排。何況海川是呂紀

書記豎立的指標，我如果不去看看，又怎麼能瞭解呂紀書記在海洋經濟發展方面的全盤戰略呢？」

鄧子峰在話中表達了兩層意思，第一，就是他識破了孟副省長讓他只走濱海一帶的用心，所以才會加上兩個比較落後的內陸城市。第二層意思是，我去海川，不會幹別的，只是去看看海洋經濟方面的東西，你就不用擔心了。

兩人都是久居官場的人，有些話點到爲止，彼此心照不宣就好了，鄧子峰相信曲煒不會聽不懂的。

曲煒便問：「那您準備什麼時間下去呢？」

鄧子峰說：「儘快吧，你早點把計畫擬定出來，我跟呂紀書記說一聲，他同意的話，我就下去。」

曲煒說：「那行，我儘快把方案擬出來給您。」

海川市，金達辦公室。

金達和孫守義正在聊新來的省長鄧子峰，兩人昨天已經在幹部大會上見到鄧子峰了。

孫守義說：「市長，我們最近可要注意一些了，我問過北京的一些朋友，他們都說這個鄧省長人很嚴厲，他在嶺南省做省委副書記的時候，曾經先後處分了十幾個廳級官員，

現在嶺南省的官員們只要一提起鄧省長的大名，還都是很緊張。」

金達點點頭說：「是啊，我們要小心些，鄧省長剛到東海來，可不要讓他抓到我們海川市有什麼問題啊。」

孫守義又說：「說到這裏，我還真是佩服您，您當時處罰雲龍公司，我還覺得您太敏感了，現在看來，您的處分真是恰到好處，十分高明啊。」

金達笑了笑說：「高明什麼，那是投機而已，以後再不能做這種事了。」

孫守義說：「不管怎麼說，您這麼做算是防患於未然。市長啊，您說鄧省長來海川，會不會延續他在嶺南省的做法啊？」

金達笑說：「我們就不要妄自揣測領導的意圖了，反正我們小心些，別被抓到什麼錯誤就好。」

就在這時，金達桌上的電話響了，看看是曲煒的座機號碼，趕忙接通了。

「您好，曲秘書長，找我有什麼指示？」

曲煒笑了笑說：「我能有什麼指示啊，有件事跟你通報一下，鄧省長準備到基層走走，海川是他選定的一站，你們可要做好準備啊。」

金達沒想到鄧子峰這麼快就要來海川，愣了一下，然後說：「郭省長的動作還真是神速啊，這麼快就要走基層了？」

曲煒笑笑說：「郭省長是急於熟悉情況，進入角色。我跟你講，這次郭省長是專門去看你們的海洋經濟發展狀況的，你們一定要確保他的調研順利成功，知道嗎？」

金達立即說道：「我知道，秘書長放心，我們一定圓滿完成這次的接待任務。」

曲煒又提醒說：「你們特別要注意的，是要做好安全工作，不要發生什麼攔車告狀、圍堵市政府之類的突發事故。你們海川目前可是有一個火藥桶在那的，別偏偏在鄧省長去調研的時候炸了，那時候，大家臉上可就都不好看了。」

金達知道曲煒所謂的火藥桶指的是海川重機，到現在，海川重機的問題還沒解決，誰也不知道海川重機的工人們會不會又鬧出點什麼事情來。

金達拍拍胸脯保證說：「這個秘書長放心，海川重機的問題正在解決當中，我們一定會做好工人的安撫工作，確保萬無一失的。」

曲煒說：「希望你這個保證能夠兌現，金市長啊，不是我說你，你們這個海川重機的問題也拖得太久了吧？這種事越拖問題越大，還是儘快想辦法徹底解決吧。」

金達爲難地說：「秘書長，我也清楚這些，只是海川重機的問題很複雜，冰凍三尺非一日之寒，想要徹底解決，又能被工人們接受，還真是很難。」

曲煒知道要解決確實不是一時半會兒的事，便說道：「好了，我們不去深入討論這個問題啦，眼下你最迫切的，就是做好迎接鄧省長去調研的準備工作，別的都暫且先放到一

邊去吧。」

曲煒又囑咐了金達一些細節問題，這才掛斷了電話。

金達放下電話後，看了看孫守義，說：「人真是不經念叨，我們剛還在說鄧省長呢，鄧省長這就要來我們海川做調研了。」

孫守義聽了：「鄧省長做事果然雷厲風行，才上任幾天就要來調研了。」

金達說：「雷不雷厲風行我們暫且不去管他，我們得做好準備工作，好迎接鄧省長的到來。老孫啊，最近海川重機的情況怎麼樣了？」

孫守義苦笑說：「還能怎麼樣呢，老樣子吧。他們那個老總躲出去治病就沒再回來，這傢伙大概是看海川重機積重難返，所以就不管不顧了。現在就那個李副總在主持大局。那個李副總也不是什麼能撐得住場面的人，我怕曲秘書長的擔心還真是會成真啊。」

金達也不免擔心地說：「如果真是那樣子，那我們倆可就慘了。」

孫守義看了看金達，說：「鄧省長要來調研的事，要不要跟市委那邊說一說啊？」

金達想了想說：「鄧省長要下來調研的正式通知還沒出來，曲秘書長是偷著跟我們通風報信的，你要我怎麼去跟莫書記講啊？我們還是老老實實的做好工作吧。」

孫守義忍不住抱怨說：「哼，市委那位只會成天跟我們講理論，這些日子，我聽他報告聽得耳朵都起老繭了，真是煩透了。」

金達笑笑說：「別這麼多牢騷了，你這個態度可不行啊，千萬不要表現出你對這件事的厭煩情緒，那樣反倒給了他大做文章的口實。」

孫守義無奈地說：「這倒也是。」

金達又說：「還有，老孫，你看要不要跟傅華打個招呼，讓湯言最近暫時不要過來海川，以免激起工人們的敵對情緒？」

孫守義想了想說：「現在就跟湯言打招呼，似乎爲時尚早，我看就跟傅華說一聲好了，如果湯言近期有來海川的計畫，讓傅華想辦法阻止吧，一切等鄧省長的調研結束再來處理。」

金達同意了這個辦法，說：「也行，這樣處理比較穩妥一點。另外，你跟海川重機的李副總說，讓他近期密切注意工人們的動向，不要像上次那樣，工人們都堵在海川大酒店門口了，他還什麼都不知道，務必做好一切防範工作。」

孫守義不禁苦笑說：「這活這麼幹就累了。」

金達笑了笑說：「別那麼多牢騷了，你還是趕緊去海川重機看看吧，真要出了什麼問題，我們倆都要吃不了兜著走。」

孫守義說：「這倒也是，我趕緊去看看。」

孫守義就離開了，金達拿起桌上的電話，想給傅華打電話。鄧省長要來海川是一件大

事，他必須安排好，給這個新省長一個好印象才行。

電話響了幾聲之後，就被傅華給按掉了，金達愣了一下，這傅華怎麼回事啊？怎麼不接電話呢。

過了幾分鐘之後，金達的電話響了起來，是傅華打了過來，他奇怪地說：「你在幹嘛啊，怎麼電話也不接？」

傅華解釋說：「我在拍賣會現場，剛才不方便跟您講話，所以才跑出來給您打電話。」

金達更是好奇了，說：「拍賣會現場？怎麼回事啊？你要參加拍賣？」

傅華笑笑說：「沒有，不是我要參加，是我師兄讓我來跟著開眼界的。市長您最近看新聞，大概有看到一幅蘇東坡的大字行楷法長卷要拍賣的新聞吧？」

金達說：「我當然看到了，最近這事炒得很熱，蘇東坡是北宋的書法四家之一，這件作品被認爲是本季拍賣市場上最熱門的拍品，你不是要告訴我，你就在拍賣現場吧？」

傅華笑說：「我就是在現場，我師兄的一個朋友有意拍下這幅作品，我是跟著來看熱鬧的。」

金達說：「你師兄這位朋友一定是大款吧，我看新聞報導，這幅字帖起拍價就要九千萬呢，估計沒幾億他是拿不下來的。」

傅華說：「他是大款倒是真的，是個煤老闆。」

金達笑說：「那就難怪了，現在全國都知道，煤老闆是最有錢的人。」

傅華問：「市長找我有事嗎？」

金達說：「是這樣的，最近新任的鄧省長準備來海川調研，曲秘書長擔心海川重機到時候會有什麼動作，要我們做好這方面的工作，我想在這個時間點上，湯言就不好來海川了，避免激起海川重機工人的對抗情緒。所以想跟你說一聲，如果這段時間湯言想來海川，你想辦法拖延一下，一切等鄧省長來海川之後再安排。你明白我的意思嗎？」

傅華說：「我知道您的意思了，您放心，我一定不會讓湯言在這個時間點去海川的。」

金達笑笑說：「那行，我就不耽擱你了，進場去開眼界吧。」

金達掛了電話，傅華轉身進了拍賣場，回到賈昊和那個煤老闆于立的席位上。

于立還是一副很土的打扮，不過這次他帶了一個女伴，一個年紀很輕、十分妖嬈豔麗的嫩模。

這個嫩模最近因爲一次走秀不慎走光，正被娛樂版面熱炒，算是小有名氣。

于立介紹說，這個嫩模是他新認的乾女兒，但傅華看嫩模幾乎黏在于立身上的樣子，就知道這個乾爹乾女兒究竟是怎麼一層關係了。

重量級的拍賣品還沒有開始，拍賣師正在拍賣其他檔次低一些的物品。

賈昊看傅華回來了，問說：「你們市長找你幹嘛？」

傳華回說：「市裏有些事情要安排我去做。」

于立笑笑說：「傳主任還挺重要的嗎，市長總是有事要你去做啊？」

傳華聞言說：「我是當人下屬的，自然隨時都要聽領導吩咐了，哪像你于老闆這麼厲害，一出手就要拿下這上億的拍品。」

于立豪氣地說：「錢這個東西不重要，我很喜歡蘇東坡，字寫得好，文章也寫得好，我在念書的時候心裏就很仰慕他。現在有機會能擁有一幅他的作品，真是感到十分的興奮啊。」

不知道怎麼回事，傳華看于立有鼻子有眼的說他喜歡蘇東坡，不免有幾分滑稽的感覺，這個人有了幾個錢後，居然也附庸風雅起來了。

這時，前面的拍賣師說道：「下面即將要拍賣的是北宋著名大書法家蘇東坡抄錄賈誼的《過秦論》大字行楷法長卷。」

現場一下子安靜了下來，拍賣會的重頭戲來了。

拍賣師展示介紹了拍品，然後宣布競拍規則，起拍價九千萬，每次加價兩百萬。拍賣正式開始。現場陸續有人舉牌，價格不斷地往上飆漲。

傅華也算是見過有錢人的了，看到價格很快就抬到了一億五千萬，不免也有點心驚肉跳。

說穿了，這也就是一張寫了毛筆字、有些年份的紙罷了，就算蘇東坡再有名氣，字寫得再漂亮，它也還是一張紙，怎麼會竟然有人肯出價一億五千萬購買呢？

有人說藝術是無價的，既然無價，那就代表著一億五千萬也是值得的。但是傅華卻不這麼認爲，有些時候，所謂無價的東西，其實正是沒有價值的東西。這一點在藝術品收藏方面表現得最明顯。

當你想買一件藝術品的時候，很多人都會說這件藝術品如何如何珍貴，如何如何難得，被人這麼一忽悠，你就會付出高昂的代價去得到它，因爲藝術是無價的嘛，買到也就賺到了。

可是轉過頭來，當你想出手這件無價的藝術品時，才會發現你買到的東西並不是那麼熱門，也許它有一個價格在，但是並沒有人像你一樣傻得要去買它。等於是有價無市。

最典型的例子就是梵谷的向日葵，八十年代末，正值日本經濟泡沫急速膨脹的時候，日本安田保險的後藤康男以近四千萬美金的高價，在佳士得拍賣會上取得了梵谷的名畫，刷新了梵谷作品拍賣價值的新紀錄。但是當日本經濟泡沫破裂後，這張名畫想要低價出售，竟然沒人肯接手。

數字還在抬高，很快就到了一億六千萬。拍賣師開始改變加價規則，每次舉牌就是加價五百萬了。

得說于立這個煤老闆真的是有錢，他在前面根本就沒興趣出價，只是笑著看別人爭相出價，好像他來只是看別人競拍的。現在看到每次出價抬到五百萬了，他這才有了興趣，讓身旁的嫩模舉了一下號牌，拍賣師馬上喊道：

「一億六千五百萬！這邊這位小姐出價到一億六千五百萬了，還有沒有人加價的？」

本來沒有人注意到于立的，現在看到他突然加價五百萬，現場所有人的目光都聚焦了過來，人們開始揣測那個舉著號牌的漂亮女人是什麼來路。

嫩模對這麼多人的目光都聚集過來，也感覺挺驕傲的，越發神氣地挺了挺高聳的胸部，一副洋洋得意的樣子。

這時，另外一個志在必得的買家也舉起了號牌，加價到一億七千萬了，于立沒當回事，又挑了挑手指，示意嫩模舉牌，嫩模便再次舉起號牌來……

競價就在兩邊的拉鋸下開始，經過幾輪的加價，價格飛漲到了三億。這時拍賣師再次改變加價規則，每次加價的幅度抬高到一千萬。

傅華看了看于立的神色，于立顯得若無其事，反倒是那個嫩模，顯得既興奮又緊張，臉蛋通紅。

傅華心中不得不佩服于立，這傢伙還真是有肚量，心想：就算我有這麼多錢，也不可能拿三億根本不當回事。

拍賣繼續進行著，價格在令人心驚肉跳中往上竄升，很快就超過了四億。現場的氣氛令人窒息，除了拍賣師喊價的聲音，其他人都鴉雀無聲，大家都在緊盯著競相舉牌的兩個買家，想看他們究竟是誰先敗下陣來。

最終是于立贏得了拍品，他以四億六千萬的價格拍下了這件蘇東坡的字帖。一個中國藝術拍賣史上的新紀錄誕生了。

當拍賣師落錘的那一剎那，那個嫩模撲過來，抱住于立狠狠地親了他一下，說：「于老闆，你真是太MAN了。」

傅華有點目瞪口呆，四億六千萬，再加上拍賣公司收取的百分之十二的手續費，這張紙竟然賣到了五億，這簡直是天文數字啊。

他看了一眼一旁含笑不語的賈昊，說：「師兄，我這次還真是開了眼界了。」

賈昊笑了笑，沒有回答傅華，而是伸出手去跟于立握了握，說：「恭喜你啊于老闆，終於把喜愛的作品收入囊中了。」

于立也高興地說：「謝謝，謝謝。」

于立起身去跟拍賣公司的人辦手續去了，傅華和賈昊就和他分了手，一起離開拍賣會場。

往外走時，傅華困惑的看了看賈昊，說：

「師兄啊，我總覺得這件事情怪怪的，這個于老闆看上去怎麼也不像是個風雅之人，怎麼會突然喜歡上了蘇東坡的字呢？就算他真的喜歡，想要玩玩收藏這些高雅的東西，也不能一下子玩這麼大吧？五億啊，他再有錢，這也玩得有點過了。」

賈昊笑了笑說：「你不懂這些煤老闆的，他們這些人玩的就是瘋狂，不這樣子，他們會覺得不刺激的。」

傅華搖搖頭說：「我還真是看不懂，拿五億來尋刺激，確實是夠瘋狂的。這一次這個于老闆肯定出大名了，估計明天國內各大媒體頭版頭條，一定都是這條新聞了。」

賈昊笑笑說：「也許他想要的就是這種效果吧。」

關於于立的話題說到這裏就結束了，傅華想到了他最近看到的一條跟賈昊有關的新聞，就說：「誒，師兄啊，我最近看到一個花邊新聞，說有人目擊文巧跟某銀行高官攜手同遊三亞，可能兩人好事將近，是不是你跟文巧舊情復燃啦？」

賈昊不禁笑說：「花邊新聞你也相信啊，那些都是捕風捉影的馬路新聞，我不是跟你說過了嗎，我跟文巧已經是過去式了。」

傅華打趣說：「那你最近有沒有再找個女朋友啊？」

賈昊搖搖頭，說：「曾經滄海難爲水，我沒有再遇到比文巧更好的女人了。」

傅華感慨地說：「想不到師兄你還這麼深情啊。」

賈昊笑笑說：「你以為我就該是負心薄義之徒嗎？」

兩人又相互打趣了一番，這才分手，各自開車離開了會場。

晚上，傅華約了劉康一起吃飯，他讓劉康把鄭堅也約出來，想要化解跟鄭堅之間的矛盾。

原本湯言說讓傅華跟鄭堅和好的時候，傅華還沒覺得他跟鄭堅之間的關係需要儘快和解，但是現在情形變了，鄭莉前天晚上告訴他，說她懷孕了。

傅華興奮之餘，想到他們夫妻跟鄭堅的這種尷尬關係，覺得不能再僵持下去了，那樣會讓鄭莉的心情受影響，不利於胎兒的成長，鄭莉的懷孕，正是一個很好的和解理由。

傅華早早的就到了約定的飯店，劉康過了五分鐘也到了。

正在這時，包廂的門打開了，鄭堅探頭走了進來，看到傅華，愣了一下，說：「老劉，這小子怎麼在這兒啊？」

劉康笑說：「就是這小子讓我約你的，行了，進來吧。」

鄭堅轉身想走，說：「有這小子在這裏，這頓飯我不想吃了，我走了。」

傅華趕緊站了起來，說：「爸，您先別走，我請您來，是想跟您說聲對不起的。」

鄭堅哼了聲說：「誰稀罕啊，你說你想跟我說聲對不起？沒有這個必要，你也沒什麼

對不起我的地方。」

劉康趕忙在一旁打圓場說：「老鄭啊，你別這樣，傅華都已經向你低頭了，你還要怎麼樣啊？」

鄭堅冷笑一聲，說：「我不想怎麼樣，這小子無緣無故的向我低頭，肯定是有所圖，我可不想上他的當。」

劉康看不下去了，勸說：「老鄭，什麼有所圖啊，傅華是給你臺階下，你可別不識好歹。」

鄭堅沒好氣地說：「我才不相信這小子會有這麼好心。」

傅華笑了笑說：「是啊，我是別有所圖，我是不希望小莉夾在我們中間難受。」

鄭堅說：「你才知道小莉夾在中間難受啊，小子，別裝了，趕緊說你找我來，究竟是有什麼見不得人的目的吧？」

傅華搖搖頭，說：「我的目的很簡單，我找你來，是想告訴你，我知道你看不起我，我也對你有不夠尊重的地方，在這裏，我真心的跟你說聲抱歉，希望你能原諒我，我們就不要再冷戰下去了。」

鄭堅笑說：「小子，你想跟我冷戰就冷戰，想跟我和好就和好，這一切都是由你來主導的，那你拿我當什麼？」

傅華和顏悅色地說：「我能拿你當什麼，你是我的岳父，小莉的爸爸，更是小莉肚子裏的孩子的外公啊。」

鄭堅愣了一下，說：「你說什麼？小莉肚子裏的孩子，小莉懷孕了？」

請續看《官商鬥法》Ⅱ 8 百密有一疏

官商鬥法II 七 權力迷幻藥

作者：姜遠方
發行人：陳曉林
出版所：風雲時代出版股份有限公司
地址：105台北市民生東路五段178號7樓之3
風雲書網：http://www.eastbooks.com.tw
官方部落格：http://eastbooks.pixnet.net/blog
Facebook：http://www.facebook.com/h7560949
信箱：h7560949@ms15.hinet.net
郵撥帳號：12043291
服務專線：(02)27560949
傳真專線：(02)27653799
執行主編：朱墨菲
美術編輯：風雲時代編輯小組

法律顧問：永然法律事務所 李永然律師
北辰著作權事務所 蕭雄淋律師

版權授權：蔡雷平
初版日期：2016年6月
初版二刷：2016年6月20日
ISBN ：978-986-352-296-6

總 經 銷：成信文化事業股份有限公司
地 址：新北市新店區中正路四維巷二弄2號4樓
電 話：(02)2219-2080

行政院新聞局局版台業字第3595號 營利事業統一編號22759935

定價 ：280元　特惠價 ：199 元

國家圖書館出版品預行編目資料

官商鬥法II / 姜遠方 著. -- 初版. -- 臺北市：
風雲時代，2016.01 -- 冊；公分

ISBN 978-986-352-296-6（第7冊；平裝）

857.7　　104027995